눈으로 보는 광고천재 4

킹묵 현대 판타지 소설

초판 1쇄 찍은 날 § 2021년 1월 28일
초판 1쇄 펴낸 날 § 2021년 2월 4일

지은이 § 킹묵
펴낸이 § 서경석

총괄팀장 § 노종아
편집책임 § 박현성
디자인 § 스튜디오 이너스

펴낸곳 § 도서출판 청어람
등록번호 § 제387-1999-000006호
등록일자 § 1999. 5. 31
어람번호 § 제1-3114호

주소 § 경기도 부천시 부일로 483번길 40 서경B/D 3F (우) 14640
전화 § 032-656-4452 팩스 § 032-656-4453
http://www.chungeoram.com
E-mail § chungeorambook@daum.net

ⓒ 킹묵, 2020

ISBN 979-11-04-92309-8 04810
ISBN 979-11-04-92281-7 (세트)

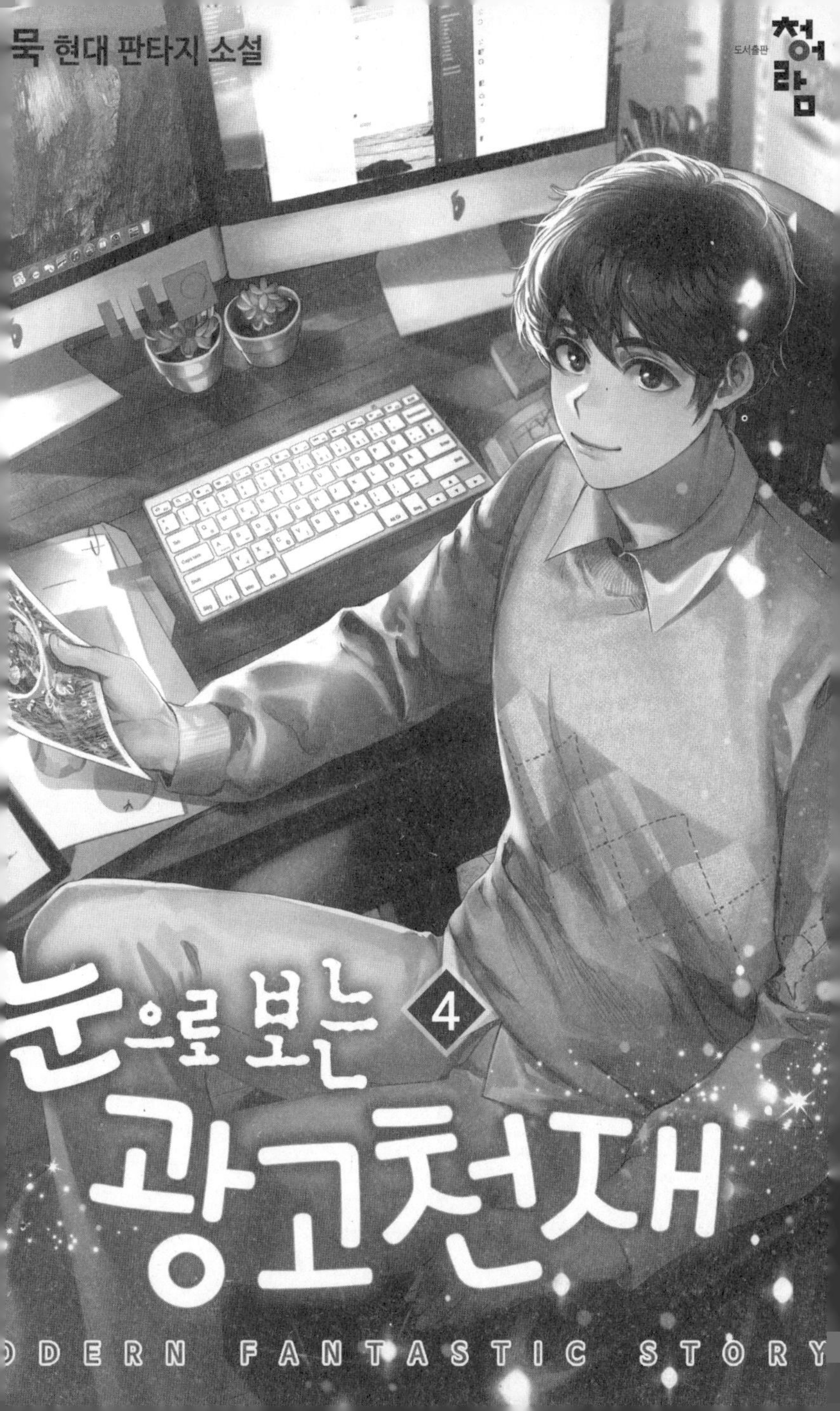
묵 현대 판타지 소설
도서출판 청어람
눈으로 보는 광고천재
4
ODERN FANTASTIC STORY

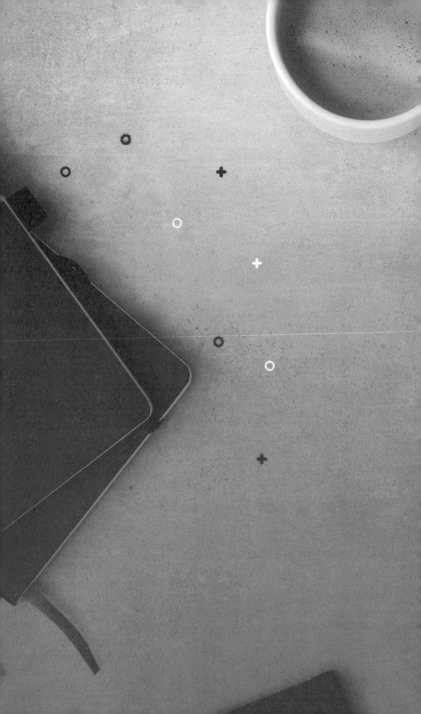

목차

제1장

분트에서 온 연락II

　이틀 뒤. 초대를 받아 분트에 간 한겸은 회의실에 자리한 사람들을 둘러봤다. C AD를 포함해 총 6개 대행사에서 참여했고, 대행사마다 두세 명이 자리해 있었다. 그때, 옆에 있던 사람이 먼저 인사를 건넸다.

　"안녕하세요. C AD 맞죠?"
　"아, 네."
　"저 동양기획이에요. 혹시 김한겸 씨도 오셨나요?"
　"제가 김한겸이에요."
　"아! 그렇군요. 만나서 반가워요. 정 마에 아시죠? 저랑 입사 동기거든요. 정 마에가 항상 대단하다고 그래서 궁금했습니다, 하하."

동양기획으로 오라는 제안을 거절하고 한 일이 분트의 공모전이었기에 한겸은 어색한 미소를 지었다.

"분트 광고도 잘 봤습니다. 그런데 그 스톱모션 광고가 대박이던데요. 진짜 좋더라고요."
"감사합니다."
"감사는요. 그럼 좋은 결과 응원하겠습니다."

동양기획에서 나온 사람은 경쟁자임에도 한겸에게 응원을 보내는 등 여유가 있었다. 간단한 인사를 한 뒤 대화를 마친 한겸은 다시 주변을 살폈다. 그런데 동양기획과 대화를 나눠서인지 시선이 집중된 느낌이었다. 옆에 자리한 우범을 보자 우범은 이쪽을 보는 사람들을 뚫어져라 보고 있었다.

"왜 그렇게 보세요."
"원래 경쟁자는 눈을 피하는 게 아니다."
"하하, 싸우러 온 거 아니잖아요."
"전쟁터나 다름없지."

다시 사람들의 눈빛을 보니 우범의 말처럼 경쟁자를 보는 눈빛을 하고 있었다. 한겸은 자신을 유심히 관찰하는 사람들의 눈빛이 이상하게도 기분 좋게 느껴졌다. 이제 정말 경쟁자였다. 한겸은 웃으며 우범에게 입을 열었다.

"박순정 김치 광고가 정말 컸던 거 같아요."

"그렇지. 박 대표님하고 연락하니 해외에서도 주문 온다고 하더라."

"해외도 진출해요?"

"국내에서 들어오는 주문 맞추기도 급급한데 못 하겠지."

C AD가 OT 참여 결정을 내리자마자 관련 기사가 떴고, 분트 공모전 광고를 제작한 C AD에 대한 이야기도 당연히 기사에 실렸다. 기사는 어디 한 곳에 치우치지 않은 논조로 참여 회사들을 소개했는데, C AD는 분트 광고와 박순정 김치 광고를 만든 곳으로 소개하고 있었다.

보통 대중들은 광고를 보면 광고하는 제품만을 인식할 뿐, 그 광고를 만든 회사에는 관심이 없었다. 하지만 이렇게 따로 기사를 내보내자, 기사를 본 사람들만큼은 C AD가 분트와 박순정 김치 광고를 만들었다는 것을 제대로 알고 관심을 가지기 시작했다.

한겸이 사람들의 눈빛을 받으며 좋아할 때, 익숙한 얼굴이 회의실로 들어왔다.

"안녕하십니까. OT 시작 전에 체크부터 하겠습니다."

한겸은 참가하기로 한 회사들을 체크하는 김 팀장을 물끄러미 쳐다봤다. 한동안 연락 한 번 없다가 기껏 한 전화가 OT 참여 여부를 묻는 것이었을 때는 무척이나 실망스러웠다. 하지만 김 팀장도 그저 대기업 직원일 뿐이었다. 오늘 한겸과 마주치자마자 고개를 허리까지 숙이며 사과를 하더니, 한배를 탔다며 잘 부탁한다고까지 덧붙이는 게 아닌가. 그래서 한겸은 김 팀장이 C AD를 추천했음을 알 수 있었다. 지금도 자신과 눈이 마주친 김 팀장이 미소를 짓고 있었다.

체크를 마친 김 팀장은 곧바로 설명을 시작했다.

"저희는 현재 분트의 광고와 같은 유형인 이미지광고를 원합니다. 최근 분트는 마트 중 브랜드인지도 1위를 달성했습니다. 이 인지도를 확실하게 유지하면서 소비자들의 눈길을 끌 수 있어야 합니다."

김 팀장은 분트에서 원하는 광고 내용을 끊임없이 설명했다. OT에 처음으로 참석한 한겸은 집중하며 설명을 들었다. 김 팀장의 설명은 특별하진 않았다. 예전에 자신이 설명했던 내용과 비슷했다. 저렇게 설명을 하는 이유는 이보다 더 좋은 퀄리티를 보여달라는 의미였다. C AD가 기획했던 대로 진행하라고 말해주는 설명 같았다.

"이번은 온라인과 미디어 광고로 잡았고, 선정된 대행사와는 1년으로 계약을 하게 됩니다. 총 영상광고 3회와 지면광고 5개입니다. 예산은 모델비 제외 60억입니다. 그에 맞게 제안서를 작성해 주시길 바랍니다. 참고로 지금 당장 분트에서 생각하고 있는 모델은 따로 없습니다. 모델이 있어도 되고, 없어도 됩니다. 만약 모델이 필요하면 대행사에서 추천해 주셔도 되고, 저희가 모델이 필요하다고 생각된다면 계약한 대행사에 알려 드리겠습니다."

C AD의 대행료가 15%이니 60억 중 9억이 대행료였다. 생각보다 큰 금액에 한겸은 놀라움을 애써 감췄다. 범찬에게 얘기한다면 밤을 새워서라도 제안서를 작성할 것이 틀림없었다.

"PPT는 전부 따로 받겠습니다. 동양기획은 27일 월요일 2시, TX기획은 27일 오후 5시."

일주일 정도 기간이 남아 있었다. C AD는 28일 마지막으로 배정되어 있었다. 한겸은 생각보다 시간이 모자랄 수도 있다는 생각에 빨리 동아리실에 가고 싶었다.

*　　　　*　　　　*

한겸의 예상대로 OT에 대한 내용을 들은 팀원들은 열의에 불타오르는 중이었다. 주말임에도 모두가 자발적으로 출근한 상태였다.

"우리 9억 딸 수 있는 거야?"
"따긴 뭘 따."
"그냥 그렇다는 거지. 그런데 카피 생각했어? 카피 생각해야지 앞부분 짜는데."

"자연스럽게 입에 붙는 게 좀 어렵네. 딱 보고 '이게 이랬어?' 라는 생각이 들게 만들어야 되는데 잘 안 나온다. 그냥 계획한 대로 해야 할까?"

분트에서 10을 원하니 11을 보여줘야 한다는 생각에, 한겸은 소비자들에게 좀 더 어필할 수 있는 카피를 구상하고 있었다.

"역시 내가 만든 '여름 하면 발라드지'가 짱이지."
"그러게. 다들 같이 생각 좀 해봐. 어떤 의견이라도 좋으니까."
"미남 하면 범찬이지."
"됐고, 오늘까지 안 나오면 일단 전에 기획했던 대로 제안서 쓰자. 그리고 생각나면 그때 바꾸자."

사람들이 모르고 있는 사실들은 생각보다 많았다. 하지만 카피로 쓰기에는 적당하지 않았다. 관심을 끌려면 생활과 가까운 것들이 필요했다. 또한 영상으로 담을 수 있는 카피여야 했다.
팀원들은 저마다 인터넷을 검색하기도 하고 메모를 해보기도 하며 카피를 생각했다. 그때, 모니터를 보던 종훈이 고개를 갸웃거리며 입을 열었다.

"분트 욕먹는데?"

카피를 생각하던 한겸이 고개를 들어 종훈을 봤다. 그때, 종훈 옆에 있던 수정이 입을 열었다.

"크랜베리 과자 그거요?"

"아니? 그건 뭔데?"

"목동점에서 과자 내용물 다 부서진 거 판 거 말한 거 아니에요?"

"아닌데. 여기 원주점인데, 여기서 쇼핑 카트에 꼬마 아이가 치였다네. 그런데 관리하던 사람이 애한테 사과도 안 하고 오히려 아이를 혼냈대. 그런데 내가 보니까 혼내는 거 같진 않고 오히려 놀란 것 같은데."

한겸은 고개를 갸웃거리고는 종훈의 자리로 향했다. 그러고는 곧바로 동영상을 재생했다. 동영상에서는 에스컬레이터에서 올라온 아이가 직원의 제지에도 불구하고 빠른 속도로 밖으로 뛰어나가고 있었다. 그러다가 정리하던 카트와 부딪혀 넘어지고 말았다. 분트 유니폼을 입은 직원은 곧바로 아이를 번쩍 일으키더니 이리저리 살폈다. 그러고는 천장을 보고 한숨을 뱉고는, 우는 아이에게 손가락질하는 것으로 끝났다.

"아니! 애가 이렇게 뛰어다니는데 부모는 뭐 하는 거야. 안 맞은 게 다행이네. 직원이 무슨 히어로라도 돼? 나보다 빨리 뛰는 거 같은데 어떻게 잡아!"

동영상을 함께 본 범찬은 모니터를 가리키며 화를 냈다. 한겸도 같은 생각이었지만, 직원도 조금 차분하게 대처했으면 어땠을까 하는 생각이었다. 직원의 놀란 마음이야 충분히 이해하지만, 수많은 고객이 있는 자리에서 우는 아이한테 손가락질까지 할 필요는 없었다.

쓸쓸한 표정으로 모니터를 보던 한겸은 조금 전 수정이 했던 말이 떠올랐다.

"크랜베리는 뭐야?"

"목동점이면 우리 시상식 갔던 곳이지? 너희 아버지 계신 곳."

"응."

"사진 보면 알겠지만, 여기 팔레트 3개가 전부 크랜베리랑 아몬드가 들어 있는 수입 쿠키야. 인기가 좀 있나 봐. 그런데 여기 팔레트 위에 있는 것들이 다 상자가 찌그러져 있거나 내용물이 부서져 있거나 그랬대."

"환불은 안 해줬대?"

"환불은 해줬는데 그런 걸 판 게 문제가 됐겠지."

갑자기 여러 지점에서 일이 터지고 있었다. 만약에 TV 뉴스라도 나오게 된다면 광고가 아니라 사과문을 올려야 할 판이었다. 한겸은 그래도 아버지가 대표로 있는 곳이니 알아서 잘 해결하실 거라고 믿었다. 그때, 종훈이 입을 열었다.

"TV에도 나온다. 이거 뉴스 같은 시사 프로그램인데 원주점 나오네."

한겸은 놀란 표정으로 종훈의 모니터를 쳐다봤다. 화면에 입원한 아이가 보였고, 그 옆에는 아이의 부모가 있었다. 그런데 그들에게 고개를 숙이고 있는 누군가의 뒷모습이 익숙했다.

"겸쓰 너희 아버지 같은데! 아, 열받아 죽겠네! 지가 달려가다 부딪친 건데 왜 사과를 하시지?"

"대표라서. 아버지가 가서 사과하는 게 가장 빨리 수습되는 방법이니까."

아버지가 고개를 숙이는 모습을 보자 순간 울컥했다. 한겸은 애써 감정을 가라앉혔다. 아버지가 회사를 위해서 내린 결정이었다. 하지만 문제가 이대로 마무리될 것 같지 않았다. TV에까지 나왔으니 당분간은 시끄러울 것이었다.

"이걸로 잘 끝났으면 좋겠다. 어휴."

"한숨은 왜? 잘 해결된 거 아니야?"

"이렇게 쉽게 가라앉진 않을 거예요. 그동안 분트에 서운했던 사람들이 나오겠죠. 환불을 안 해줬다든지 불량품들이나 불편했던 점들, 자질구레한 것들까지 나오겠죠. 원래 하나가 터지면 줄줄이 나오는 거예요."

그때, 옆에 있던 수정이 인상을 찡그렸다.

"애기 사건은 오히려 부모를 혼내는 분위기인데 크랜베리는 아니야. 크랜베리 때문에 다른 과자들도 조금만 부서지면 환불이 되는지 묻고 있어. 그리고 직원들 서비스도 말이 많아. 환불해 주는 직원이 불친절해서 불쾌했다든지, 도둑놈처럼 봤다는 말도 있어. 기껏 올려놓은 이미지가 한순간에 떨어질 거 같아. 사람들이 불량 하면 분트, 불친절 하면 분트라고 그러네."

"흠, 큰일이네."

"이거 꽤 오래갈 텐데 우리 광고 만들어도 돼? 광고 내려도 모자랄 거 같은데."

한겸도 그 부분을 걱정했다. 카피가 부정적으로 전파되는 순간, 그 카피는 죽은 게 돼버리는 것이었다. 카피를 보면 부정적인 이미지가 떠오를 테니, 특히 브랜드이미지 광고에선 최악이었다.

그때, 불안하게도 범찬이 키보드를 내려치는 소리가 들렸다.

"방수정 말 듣고 찾아봤는데, 분트 채널에서 광고 내렸어!"

*　　　　*　　　　*

사태가 사태인 만큼 경섭은 늦은 시간까지 대표실에 자리했다. 책상 위에는 보고서가 잔뜩 있었다. 경섭은 보고서들을 보고 있었다.

경섭은 F.F 때 불매 운동을 직접 겪어 누구보다 소비자들의 무서움을 잘 알고 있었다. 그 때문에 사태를 빠르게 진화하기 위해 서둘러 병문안까지 다녀왔다. 그럼에도 이곳저곳에서 일이 터지기 시작했다. 가장 문제가 되는 건 크랜베리였다.

적재를 하면서 상품에 문제가 생긴 건지, 진열을 하면서 문제가 생긴 건지 아직 알 순 없었지만, 불량품이 있다는 것만으로도 문제였다. 분트에서 환불과 반품은 다른 마트에 비해 너그럽게 운영하고 있어 대부분 바로 환불 처리가 되었다. 영수증이 없더라도 현금은 물론이고, 동양카드로 결제한 고객들도 모두 바로 환불 처리가 가능했다.

다만 내용물 중 일부분이나 부스러기만 가져온 고객들이 문제였다. 직원들은 규정에 맞게 처리했을 뿐이었다. 하지만 환불 요청이 많은 데다가 그런 고객들까지 겹치다 보니 서비스에 문제가 생겼다.

"어휴, 융통성 있게 하지, 좀. 어휴, 내 탓이지."

그때, 보도 자료를 올리라고 지시해 둔 김 팀장이 들어왔다. 경섭은 김 팀장이 건네준 보도 자료를 직접 확인했다. 사실을 기반으로 하되 최대한 소비자들에게 자극을 주지 않는 기사여야 했다. 김 팀장이 준비해 온 자료는 적절했다. 경섭이 자료를 볼 때 김 팀장이 입을 열었다.

"지금 저희 광고를 안 좋은 방식으로 따라 하고 있다는 이슈가 생겨서 일단 광고를 내렸습니다."

김 팀장은 대표의 얼굴을 살폈다. 무슨 생각을 하는지, 평소와 다르지 않았다. 잠시 뒤 보도 자료를 다 본 경섭이 갑자기 혀를 찼다.

제2장

분트 광고 참여

　김 팀장이 그가 어떤 말을 할지 지켜볼 때, 경섭이 입맛을 다
시며 말했다.

　"쯧, 조금 더 서두를 걸 그랬어. 너무 늦었어."

　광고 건에 대해 보고하러 왔던 김 팀장은 의아한 표정으로 질
문했다.

　"무슨 말이신지 모르겠습니다."
　"김 팀장 때문이 아닙니다, 하하. 직원 채용을 좀 더 빨리 했어
야 하는데 그게 늦었다는 거죠."

김 팀장은 지금 이 분위기에 직원 얘기를 하는 대표가 의아했다.

"광고로 인지도가 올라간 만큼 우리 분트를 찾는 고객이 늘어나겠죠? 그럼 직원들이 힘들어지고, 자연스럽게 서비스의 질이 떨어지죠. 뭐 이미 늦어버린 거니 어쩔 수 없죠."

그 말을 들은 김 팀장은 그제야 대표가 왜 그렇게 직원을 채용하자고 했는지 알았다.

"인사 팀에 말씀 안 하셨습니까?"
"당연히 말했죠. 하지만 말한다고 바로 되는 건 아니거든요."
"그 뒤에도 계속 채용하자고 말씀하셨었는데……."
"목동만 있는 게 아니니까요. 후후, 그래도 조만간 다 채워지게 될 겁니다."

김 팀장은 직원을 늘릴 때가 아닌 것 같았다. 그런데 계속해서 퍼지는 이야기들 때문에 광고까지 내렸는데도 대표는 큰 걱정이 없어 보였다. 지금도 그저 평소 같은 얼굴로 보고서를 보고 있었다. 그러던 대표가 갑자기 인상을 찡그리더니 어디론가 전화를 걸었다.

"윤철준 씨! 당신 뭡니까!"

항상 미소가 가득한 경섭이 화가 난 표정으로 소리를 쳤다. 김 팀장은 깜짝 놀랐지만 아직 보고할 얘기가 남아 있었기에 한 발 뒤로 물러나 통화가 끝나길 기다렸다. 그때, 경섭이 화를 내 며 말했다.

"그 사람을 왜 자릅니까! 그 사람 아니었으면 그 꼬마 더 크게 다쳤어요! 직원을 가족처럼 생각한다고 하더니 일 생기니까 내팽 개쳐요? 당신도 내팽겨쳐져 볼래요? 뭐? 막말?"

통화 내용을 들어보니 원주 지점에서 생긴 일 때문인 것 같 았다. 보통 간부들은 직원을 회사의 부속품이라고 생각하는 경 우가 많은데 대표는 달랐다. 직원을 잘랐다는 말에 저렇게 화를 내는 모습에 김 팀장은 감동까지 받았다.

"사표를 냈다고 해도 상황을 봐야죠! 인터넷에서 욕먹고 있는 사람이 제대로 판단이 되겠습니까? 아무튼 그 사표 수리하지 마 시라고 말했습니다."

경섭은 통화를 마치더니 한숨을 몰아 뱉었다.

"어떻게 저렇게 멍청하지?"

김 팀장은 혀를 차는 경섭에게 다가갔다.

"직원을 정말 아껴주시는군요."

"지금 그 직원 자르면 다른 직원들이 어떻겠어요. 애사심이 없는데 서비스가 제대로 나올까요? 절대 안 나오죠. 그럼 또 문제 생기고. 그럼 또 해결해야 되고! 어휴, 생각만 해도 너무 싫은데요?"

마치 카멜레온처럼, 조금 전까지 화를 내던 경섭이 다시 웃으며 말했다. 김 팀장은 대표를 알다가도 모를 것 같았다.

"그나저나 뭐 할 얘기 남았어요?"

"광고 때문입니다. 광고를 내린 지금 상황에서 새로운 광고를 준비하는 게 맞는 건지 대표님 의견을 여쭈려고 왔습니다."

"진행에 문제가 있나요?"

"대행사 중 업애드에서 포기한다는 연락이 왔습니다."

분트에서 생긴 일 때문에 광고가 취소될 확률이 높다고 생각한 건지, 아니면 업애드 내부에서 승산이 없다고 판단했는지 알순 없지만, PPT를 하지 않겠다고 전해왔다. 김 팀장은 지금 이대로 광고를 준비하는 게 맞는 건지 판단이 서질 않았다. 일이 빨리 수습된다면 문제없지만, 이대로 소비자들의 화가 풀리지 않으면 광고를 해서는 안 됐다. 불난 집에 기름 붓는 격이었다.

그 얘기를 들은 경섭은 고개를 갸웃거리며 입을 열었다.

"한 곳 포기한 게 무슨 문제라도 있습니까?"

"문제라기보다는 지금 상황에서 최선이 무엇인지 판단이 어렵습니다."

"음, 지금도 막 이상한 것들 나오고 있으니 꽤 오래가겠죠? 요즘 너무 조용해서, 뭐 시끄러운 일 나오기 전까지는 우리가 화풀이 대상이 되겠죠."

"그럼 광고를 하지 않아야 하는 것 아닐까요?"

"왜요? 한 곳 떨어져 나간 거 때문에요? 오히려 잘됐죠."

경섭은 이내 시큰둥한 표정으로 보고서를 들추며 말했다.

"그렇게 하나씩 떨어지다 보면 결국 자신 있는 팀만 남겠네요. 그럼 얼마나 좋은 광고가 나오겠어요. 없으면 없는 대로 안 하면 그만이고요. 그렇죠?"

김 팀장은 헛웃음을 뱉었다. 대표가 너무 간단하게 말하니 자신이 너무 쓸데없이 걱정한 것만 같았다.

*   *   *

동아리실에 있는 한겸은 모니터를 보며 한숨을 뱉었다. 예상했던 대로 분트에서 생긴 자질구레한 사건들이 끊임없이 나왔다. 아버지를 필두로 한 분트의 임원들은 사실 확인이 된 사건들에 한해서 직접 소비자에게 사과를 했다. 옆에서 한겸과 함께 보고 있던 범찬은 못마땅한 표정이었다.

"이건 아니지. 이렇게 계속 사과하니까 별거 아닌 일도 계속 나오잖아."

"멀리 보면 이게 맞는 거 같아. 잘 처리하고 있다고 칭찬하는 사람도 있잖아."

"지적 100개 나올 때 칭찬 한두 개? 너희 아버지가 히어로도 아니고 어떻게 모든 사람이 요구하는 걸 들어줘."

범찬은 좌우로 고개를 저었다.

"가뜩이나 우리 시나리오는 기존 광고하고 이어지는 내용이라서 불안한데, 일이라도 빨리 해결되고 다시 광고 올라와야 승산이 있지. 이러다가 시나리오 다 짜놨는데 헛수고 되겠네!"

"구성만 했잖아. 기다려 봐."

범찬의 말처럼 이전 광고와 연결되는 내용이다 보니 불안하긴 했지만, 이미 전부터 계획하고 있던 내용이라 그런지 다른 아이디어가 떠오르지 않았다. 그래서 한겸은 계획한 대로 하는 게 가장 적절하다고 판단했다. 팀원들과 상의한 끝에, C AD는 이전 광고가 여름에 맞춰 나왔으니 계절을 이용해 이번에는 겨울을 거냥하기로 했다. 만약 분트와 계약을 하게 되면 첫 번째 제작 시점은 겨울이 될 것이었고, 나머지 2개의 영상광고는 봄과 가을을 주제로 제작해 사계절 내내 분트를 이용하라는 콘셉트로 밀 생각이었다.

이제 세부적으로 조율하기만 하면 제안서는 완성이었다. 그때, 기다리던 전화가 왔다.

　─안녕하세요, 늦었죠?

　"아니에요. 어떻게 됐나요?"

　─재진이 형이 강력 주장해서 C AD랑 하기로 결정했어요. 그런데 이번에는 정말 확실한 거죠?

　"네. 저희가 광고 맡으면 박재진 님이 모델 되실 거예요."

　─알았어요. 지금 분트가 시끄럽긴 해도 TX기획에서도 연락 왔으니까 괜찮은 거겠죠?

　"괜찮을 겁니다."

　─그래요. 그리고 재진이 형이 곧 죽어도 C AD랑만 한다고 그랬으니까 꼭 좀 잘 만들어주세요.

　분트에서 특이하게도 모델을 추천까지 받는다고 했기에 미리 섭외를 해둬야 했다. 그래서 C AD는 박재진에게 연락을 했다. 아직 촬영을 하는 것도 아니고 그저 제안서에 이름만 넣는 것이라 확실치도 않았지만, 그럼에도 박재진이 의리를 지켜주었다. 통화를 마친 한겸은 그나마 한 가지 일이 해결됐다는 생각에 마음이 편해졌다.

　"박재진 씨 우리하고 하기로 했어. 그런데 TX에서도 연락했었나 봐."

　"TX는 양심도 없지. 낄 때 안 낄 때 구분을 못 해. 그럼 이제 플랜 팀에서만 보내면 끝이네."

그때, 문서를 작성하던 수정이 고개를 돌렸다.

"끝나긴 뭘 끝나. 제안서 써야지."
"아까 다 썼잖아."
"뭘 다 써! 분트만 할 거야? 대표님이 장애인 기업 제안서 쓰라고 했잖아."
"그거 너랑 종훈이 형 담당이잖아!"
"지금 내 일, 네 일 가르는 거야?"
"그건 아니고. 아오, 뭐 해야 해?"

분트가 확실치 않다 보니 다른 곳의 광고도 맡아야 했다. 그래서 장애인복지협회의 광고 입찰공고에 참여할 계획이었다. 박순정 김치 이후로 여러 의뢰가 들어오긴 했지만, 분트의 광고를 맡게 될 수도 있었기에, 무리가 안 되는 선에서 고른 곳이 장애인복지협회였다.

협회에서 원하는 일은 장애인을 고용하는 기업의 우수성과 지원 시책을 알리는 내용의 포스터를 제작해 달라는 것이었다. 그리고 그 포스터를 주요 신문과 SNS에 게재해, 더 많은 기업에서 장애인을 고용할 수 있게 장애인에 대한 인식을 개선해 달라고 요청했다.

분트에서 발표할 자료도 만들어야 했기에 C AD는 얼마 없는 인원을 나누기로 했다. 한겸과 범찬이 한 팀, 수정과 종훈이 한 팀이었다. 무엇보다 종훈이 다른 때와 다르게 적극적으로 자신이 맡아보겠다고 어필했다.

모두가 종훈의 실력을 인정하고 있었기에 장애인 기업 광고는 종훈이 맡기로 결정되었다. 종훈의 실력을 믿는 데다 주일기획과 협업을 할 것이기에 큰 걱정은 없었다. 오히려 잘된 일이라고 생각했다.

이번 일을 통해 팀원들도 발전을 할 수 있을 것이었다. 그동안 일을 할수록 팀원들의 실력이 느는 모습을 봐왔으니 더 믿을 수 있었다. 그래서 한겸은 결과 확인만 하는 중이었다. 마침 종훈이 포스터 구상을 마쳤는지 입을 열었다.

"한겸아, 바빠? 내가 세 가지 정도 구상해 봤거든. 한번 봐줘."

한겸은 종훈에게 다가갔다. 모니터를 본 한겸은 헛웃음을 뱉었다. 주일기획에서 보내는 포스터 기획만으로도 바쁠 텐데, 장애인 기업 제안서에 넣을 포스터도 완성도가 상당했다.

"그냥 구상이 아니네요."
"응. 어때?"

한겸은 말없이 모니터를 바라봤다. 다행히 회색으로 보이긴 했다. 하지만 처음 포스터는 장애인을 너무 직접적으로 보여주어 잘못하면 불쌍하다는 인식을 심어줄 수 있었다. 협회에서 원한 게 아니었다. 한겸은 마우스를 움직여 다음 장으로 넘겼다.

"어? 구별이 가능하십니까?"

"이상해? 이거 어제 밤새 한 건데."

"아니요. 안 이상한데요."

한겸은 깜짝 놀랐다. 종훈이 만든 포스터에서 색이 보였다. 하얀색 글씨로 '구별이 가능하십니까?'란 카피가 적혀 있었고, 그 밑에는 한 남자가 양손을 내밀고 있었다. 양손에는 똑같은 내용의 서류가 들려 있었다.

"와……."

"왜? 말을 해줘. 이상해?"

"너무 좋은데요? 진짜 너무 좋아요. 장애인도 사무직을 할 수 있다는 걸 보여주는 거잖아요."

"정말? 괜찮아?"

"괜찮은 게 아니라 정말 좋아요. 이거 건드리면 안 돼요. 카피도 그대로, 배경도 그대로, 모델도 그대로… 그런데 모델은 어디서 구하셨어요?"

한겸은 고개를 갸웃거리며 화면을 보면서 물었다. 그러자 종훈이 모니터를 보며 씨익 웃고는 입을 열었다.

"우리 형인데 내가 도와달라고 했어. 형도 지적장애 4급인데 컴퓨터를 엄청 좋아하거든."

한겸은 종훈이 왜 자신이 해보겠다고 한 건지 알 것 같았다. 장애가 있는 가족이 있다 보니 누구보다 협회에서 원하는 것을 잘 알고 있었고, 그걸 포스터에 제대로 녹여냈다. 한겸은 웃으며 종훈에게 엄지를 내밀었다.

"진짜 좋아요. 다들 한번 봐봐."
"올, 종훈이 형. 장난 아닌데요?"
"난 아까 봤어. 오빠, 내가 이게 제일 좋다고 했죠?"

종훈은 기분 좋은 듯 환하게 웃었다. 그러고는 이내 신기하다는 표정으로 한겸에게 물었다.

"안 놀라?"
"너무 잘 만들었는데 당연히 놀랐죠."
"아니, 그거 말고. 우리 형 얘기."
"음……? 저 색맹일 때 놀랐어요? 비슷하잖아요."
"아… 하하."

종훈은 오히려 자신이 민망한지 머리를 긁적이더니 말을 돌렸다.

"다행이다. 협회에서도 좋아하겠지?"
"확실히 좋아할 거예요."
"휴, 이제야 조금 안심되네. 내가 맡는다고 하긴 했는데 조금 걱정했거든."

"정말 좋으니까 걱정하지 않아도 될 거 같아요."

"그런데 한 장 더 있는데."

두 번째 포스터에서 색이 보여 하나가 더 남았다는 걸 잊고 있었다. 한겸은 가볍게 웃고는 다음 장을 넘겼다. 포스터를 본 한겸은 피식 웃었다.

"로봇 조종하는 거예요?"

"응. 앉아서 하는 일은 장애인도 할 수 있다는 걸 그린 거야."

"이건 안 될 거 같아요. 장애인 채용이니까 대상이 성인인데 너무 연령대가 어려 보여요."

"그런가? 사실 히어로로 하려고 그랬는데 바꿔볼까? 장애인도 히어로가 될 수 있다 이런 거."

"아니요. 그거 하지 말고 두 번째 걸로 하세요."

한겸은 피식 웃고는 자리로 돌아갔다. 그때, 동아리실을 노크하는 소리가 들리더니 문이 살짝 열렸다. 그러고는 문틈으로 홍보실장이 얼굴만 빼꼼 내밀었다.

*　　　　*　　　　*

홍보실장은 문틈으로 동아리실을 이리저리 살피더니 입을 열었다.

"바쁘십니까?"

"들어오세요."

"아이고, 아닙니다. 저도 바빠서 잠시 들른 겁니다. 혹시 바쁘십니까?"

"무슨 일이신데 계속 바쁘냐고 물어보시는 거예요? 일 맡기실 거 있으세요?"

"하하, 오늘은 그건 아니고요. 혹시 시간 되시면… 강당으로 가서서 아주 잠깐만, 정말 잠깐만 얼굴 좀 비쳐주셨으면 해서 왔습니다. 지금 수시모집 설명회 하는 중인데 다들 광고에 관심을 보이더라고요."

"수시모집 설명회요? 저희가 가서 할 게 없을 거 같은데."

"없기는요. 학교를 빛낸 영웅들인데. 그냥 일대일 컨설팅 못 받고 돌아가는 학부모나 학생들에게 광고 나올 때 잠깐 설명해주시는 정도인데, 어떻게 어려울까요?"

한겸은 피식 웃었다. 오늘 범찬이나 종훈에 이어 홍보실장까지 영웅을 찾고 있었다. 한겸은 그동안 일을 맡겨준 것도 있었기에 알았다고 대답했다. 그러고는 팀원들을 보며 말했다.

"우리 강당에 들렀다가 학교 식당에서 밥 먹고 오자."

"난 매점에서 김밥 사다 줘."

"나도."

"난 두 줄 사다 줘. 이거 제안서 써야 해서 못 가겠다."

"나 혼자 가라고?"

한겸은 이미 대답해 버린 상태였기에 어쩔 수 없이 혼자 자리에서 일어났다.

*　　　　*　　　　*

한겸은 수시모집 설명회가 열리는 강당에 도착했다. 강당 밖 복도에 들어서자 일대일 입시 컨설팅을 위해 얇은 칸막이와 책상들이 죽 나열되어 있었다. 아직 설명회가 끝나지 않았는지 학교 직원들만 자리하고 있었는데, 그들의 옆에는 C AD가 만든 포스터가 입간판으로 제작돼 세워져 있었다. 그런데 그 입간판이 상당히 많았다. 한겸은 카피를 바꿔달라고 하던 홍보실장이 떠올라 피식 웃었다. 홍보실장도 민망한지 어색하게 웃으며 말했다.

"이쪽으로 오시죠."

홍보실장을 따라간 곳은 구석이기는 했지만, 강당 입구와 가장 가까운 곳이었다. 그곳에 모니터가 몇 대 서 있었고, 각각의 모니터에는 C AD가 제작한 몇 없는 광고들이 나오고 있었다. 이렇게 한꺼번에 자신이 만든 광고들이 나열된 것을 보자, 낯설기도 했지만 한편으로는 뿌듯하기도 했다.

"짤막하지만 팸플릿에 소개도 있으니까 다른 설명 하실 필요는 없습니다. 그냥 학부모들이 물어보는 대답만 편하게 하시면 됩니다."

"저 없으면 어떻게 하려고 이렇게 하셨어요?"

"광고는 나오고 있으니까요, 하하. 옆에는 C to C 창업 동아리도 있습니다."

옆을 보니 아무도 없는 공간에 메신저를 개발한 창업 동아리 작품이 나오고 있었다. 비어 있는 걸 보니, 자신도 안 와도 되지 않았나 싶어졌다. 그래도 여기까지 왔으니 잠시 앉아 있다가 가자고 생각한 한겸은 모니터를 쳐다봤다. 그런데 3개의 영상광고 중 하나가 빠져 있었다.

"분트 광고는 빠졌네요."

가장 가운데 모니터에서 박순정 김치의 광고가 나오는 중이었다. 박순정 김치 광고는 지금까지도 많은 관심을 끌고 있는 광고다 보니 그건 이해할 수 있었다. 하지만 개인 광고인 승기의 영상도 있는데 분트가 빠져 있었다. 한겸은 씁쓸한 표정으로 입맛을 다셨다. 그때, 옆에 있던 홍보실장이 어색하게 웃으며 말했다.

"어, 모니터를 누가 훔쳐 가서… 하하."

"괜찮아요. 이해해요."

"어휴, 광고는 좋은데 혹시나 부정적으로 보는 사람이 있을까봐."

"훔쳐 갔다면서요."

"아! C AD에 피해가 갈까 봐 도둑놈이 훔쳐 간 것 같다는 말이죠, 하하……."

한겸은 피식 웃었다. 그 모습을 보던 홍보실장은 어색하게 웃으며 말했다.

"설명회 곧 끝나니까 잠시만 앉아계십쇼. 그럼 이따가 뵙겠습니다."

홍보실장이 자리를 떠났다. 한겸은 한숨을 뱉고는 그동안 만들었던 광고들을 살펴봤다.

'하루 GYM은 전단지라서 빠졌나. 그게 가장 도움이 된 거였는데.'

하나같이 색이 보이는 광고들이었다. 그렇지만 만든 게 몇 개 없어 둘러보는 것은 금방이었다. 그러다 보니 분트의 광고가 빠진 것이 아쉽게 느껴졌다.

'분트 채널도 누가 훔쳐 간 거면 좋겠네.'

Y튜브 분트 채널에서 광고를 내려 아쉬운 마음에 한 생각이었다. 분트에서 생긴 일로 인해 C AD가 기획한 광고도 채택될 확

률이 줄어들었다. 팀원들 역시 예상하고 있는 터라 다들 분트 일이 하루빨리 해결되길 바랐다. 그때, 문득 말도 안 되는 생각이지만 진짜로 누가 광고를 훔쳐 가면 어떨까 하는 생각이 들었다.

'그럼 우리 광고도 주목을 받을 수 있을 거 같네.'

한겸은 뭔가 실마리가 잡힐 것 같았다. 하지만 너무 말도 안 된다는 생각이 들어 계속 막히고 있었다. 그때, 누군가가 앞으로 다가왔다. 고개를 들어보니 센터장이 보였고, 굉장히 불편한 표정이었다.

"여기 있었습니까?"
"센터장님도 오셨어요?"
"제가 우리 창업 동아리들 관리합니다. 그런데 뭐 하러 오셨습니까?"
"홍보실장님이 와달라고 하셨어요."
"홍보실장 이 사람이… 내가 그렇게 안 된다고 했는데!"

창업지원센터에 요청했는데 들어주지 않아 홍보실장이 직접 동아리실로 찾아왔다는 걸 알게 된 한겸은 피식 웃었다.

"제가 얘기할 테니까 돌아가시죠."
"괜찮아요. 온 김에 잠깐 앉아 있다 갈게요."
"바쁘실 텐데 가서도 됩니다. 보나 마나 학교를 빛낸 영웅이라고 그랬겠죠. 센터에 요청할 때도 그러더라고요. 거절한다고 그렇게 얘기했는데 사람이 진짜!"

홍보실장이 했던 말이 생각나 웃던 한겸은 갑자기 표정이 심각하게 바뀌었다. 그러고는 갑자기 주머니를 뒤적거리더니 인상을 썼다. 그러더니 컨설팅 부스에 가 펜과 종이를 빌려 와 혼자 무언가를 계속 적기 시작했다. 한참을 그러는 사이, 센터장은 신기한 표정으로 한겸을 관찰했다. 한겸은 종이에 글을 적었다 지웠다를 한참이나 하더니 갑자기 자리에서 일어났다.

"센터장님! 저 가도 되죠?"
"그럼요."
"홍보실장님한테 말 잘해주세요."
"걱정 말고 볼일 보시죠, 하하."

한겸은 종이를 들고 강당 복도를 뛰어나갔다.

*　　　　*　　　　*

쾅!

동아리실 문이 부서질 듯 열렸다. 그러자 안에 있던 팀원들이 깜짝 놀라며 소리쳤다.

"아, 깜짝이야! 문 부서져!"

한겸은 피식 웃더니 조심스레 문을 닫았다. 그러고는 자신의 자리로 가 무언가를 검색하기 시작했다.

"겸쓰, 벌써 끝났어? 그런데 내 김밥은?"
"이따가 사다 먹어. 아주 잠깐만, 뭐 좀 생각하고."

보통 한겸이 이럴 때는 무언가가 떠올랐을 때였다. 범찬은 그 것을 알기에 입을 다물고는 종훈과 수정에게 향했다. 그러고는 두 사람 사이에 주먹을 내밀었다.

"갈라."
"뭘 갈라?"
"김밥 사 오기 가위바위보 해야지. 단판이다."

그때, 한겸이 소리쳤다.

"가지 마. 기다려. 다 됐어."

보통 때는 아이디어가 떠올라도 저런 반응까진 아니었기에, 팀원들은 심상치 않음을 느끼고는 들고 있던 주먹을 내렸다. 잠 시 뒤, 한겸이 고개를 들더니 씨익 웃었다.

"형이랑 수정이 일 거의 다 했죠?"

"그렇지. 연 프로님이 게재 계획만 보내주시면 끝이야."

"그럼 다 모여봐요."

세 사람이 모두 모이자 한겸은 씨익 웃으며 입을 열었다.

"우리 광고도 살리고 소비자 욕구도 풀어주자."

"이미 내린 광고를 어떻게 살리자는 거야?"

"'여름 하면 발라드'도 살리고 다음에 우리가 만들 광고들도 살리고."

"그러니까 어떻게?"

"히어로!"

세 사람은 쉽게 이해가 되지 않는 듯 서로의 얼굴을 쳐다보기만 했다. 그러자 한겸이 서둘러 입을 열었다.

"왕배추처럼 캐릭터를 제작하는 거야. 그래서 인터넷으로 먼저 광고를 하는 거야."

"캐릭터 만들어서 아예 새로 하자고?"

"아니! 우리가 기획한 건 그대로 하고, 이건 추가할 뿐이야."

한겸은 자신이 메모지에 그렸던 것을 보여주며 말했다.

"대충 그려봤거든. 이 그림처럼 캐릭터를 히어로로 만드는 거야. 지금 분트가 어떻게 보면 악당처럼 보이잖아. 그러니까 히어로가 분트를 혼내주는 거야. 대신 히어로는 분트 로고 같은 걸 사용해서 분트 자체가 되어야 해. 그러니까 내부적으로 혼을 내준다는 느낌을 줘야 된다는 거야. 일명 분트맨."

"분트맨은 좀… 카피는 그렇게 잘 짜면서 작명 센스는 구리단 말이야. 예전에 우리 회사 '찾았다'로 하자고 할 때부터 이상했지."

"하하, 일단 확정한 이름은 아니야."

한겸은 피식 웃더니 말을 이었다.

"아무튼 그 분트맨이 나와서 소비자들의 지적 사항들을 고치라고 요구하는 거야. 말도 안 되는 것들은 물론 제외하고, 사실 확인 된 것들 중에서만 고치는 거지."

"그거랑 우리 광고를 어떻게 살리자는 거야. 전혀 상관이 없잖아."

범찬의 지적에 팀원들 모두가 맞다는 듯 고개를 끄덕거렸다. 한겸은 여전히 미소가 가득한 얼굴로 말을 이었다.

"왜 상관이 없어. 분트맨이 우리 광고를 볼모로 삼는 거야! 쉽게 인질이라고 보면 돼. 그러니까 지금 광고가 내려간 게 분트맨이 광고를 가져가서인 거야. 요구 조건을 들어주면 광고를 돌려주는 거지!"

"그게 어떻게 히어로야! 범죄자지."

"하하, 관점의 차이지. 결국은 분트맨의 요구대로 하나하나 바뀌게 되면 소비자도 만족하겠지? 그리고 일단 분트맨을 만들어 놓으면 언제든지 사용할 수 있어. 문제가 생기면 분트맨이 나타나서 해결하는 거니까! 네이티브 광고! 광고면서 광고 아닌 척하는 거지. 심의는 문제 될 거 같아서 아예 인터넷으로만!"

한겸의 얘기를 들은 세 사람은 고개를 끄덕거렸다.

"아, 듣고 보니까 괜찮은 거 같기도 하고."

"난 캐릭터 제작만 해결되면 괜찮은 거 같아. 사람들도 관심 있게 볼 거 같고."

"나도 종훈 오빠랑 같아. 그런데 너무 분트… 이름이 좀 이상한데 아무튼 분트맨만 너무 부각되지 않아? 우리가 만드는 거라 상관없으려나?"

수정의 질문을 받은 한겸은 씨익 웃었다.

"그래서 우리 광고를 볼모로 잡는다는 거야. 광고가 분트에게 소중하다는 이미지를 주는 거지. 게다가 약속이 이행되고 다시 광고가 나오면 사람들은 '아, 이게 그 광고였어' 하고 다시 관심을 갖게 될 거야. 그리고 분트에서 고객의 요구를 100% 이상으로 이행하면 보답이라고 하면서 다음 광고를 보여주는 거지. 그건 우리가 만든 광고가 되는 거고."

"와… 그러네. 김한겸 진짜 인정이야. 아! 그런데 모델은 누구를 써?"

"박재진 씨를 분트맨으로 쓰려고. 어차피 캐릭터 분장은 누가 해도 될 것 같은데 목소리만큼은 박재진 씨로 하는 게 맞는 거 같아. 분트 광고로 분트를 혼내는 게 자작극 같잖아. 그러니까 모델도 자작극으로. 무엇보다 박재진 씨가 의리를 지켰으니까 우리도 의리를 지켜야지. 물론 당장은 사람들이 몰라야 하겠지만."

"촬영도 쉽겠네. 그냥 분장하고 '너희가 고치지 않으면 광고는 없다!' 이런 식으로만 말하면 되니까. 그래도 광고인 걸 알아야 하니까 밑에다가 조그맣게 광고라고 명시해야 되겠고."

"응, 맞아. 캐릭터만 구해지면 촬영은 금방일 거야."

"그런데 분트에서 자기들 조금 악당처럼 나오는데 할까?"

"지금도 자신들이 나서서 사과를 하고 있는데 하지 않을까? 문제를 숨긴다면 모를까, 나서서 사과하고 인정하고 있잖아."

한겸의 설명을 들은 팀원들은 만족한 표정을 지으며 박수를 쳤다.

"분트맨이 잘되면 우리가 기획한 대로 광고해도 되겠네."

"겨울 하면 머플러지! 분트 머플러 판매량 올라가는 거 아니야?"

겨울철 액세서리 중 가장 판매량이 높은 제품이 머플러였다. 그에 카피 문구로 머플러를 선택했고, 합성을 통해 노란색까지 본 상태였다. 범찬의 말을 듣고 색을 봤다는 걸 떠올린 한겸은 약간 걱정이 됐다. 당장 캐릭터를 만들 수가 없다 보니 분트맨이

제발 빨간색으로 보이지 않기를 바랄 뿐이었다.

"그럼 이대로 대표님께 보고하고 바로 준비해야겠다. 며칠 안 남았으니까 다들 좀 도와줘. 캐릭터 제작비하고, 직접 사람이 입을 거니까 패션 디자이너들한테 의상 제작비도 알아보자. 예산이 얼마인지 꼭 알아야 돼. 너무 비싸면 안 돼."

"오케이. 우리 광고가 배니까, 배보다 배꼽이 크면 안 된다는 거잖아."

"응, 막 제작비로 몇천만 원짜리 그런 것만 아니면 될 거 같아. 그럼 난 대표님께 전화하고 박재진 씨한테 연락할게. 그리고 제안서 써야 되니까 정보들 알아 오면 바로바로 알려줘."

한겸은 마음이 급한지 말도 채 끝나기 전에 이미 자리에서 일어나 있었다.

*   *   *

며칠 뒤. 분트의 일이 아직도 시끄러운 가운데, 김 팀장의 표정은 생각보다 밝았다. 광고 OT에 참여했던 팀 중 두 팀이 떨어져 나갔다. 하지만 전혀 실망하지 않았다. 대표가 말했던 대로, 남은 팀들이 준비해 온 PPT가 놀라울 정도로 잘 만들어져 있었다. 특히 동양기획은 광고대행사 중 1위답게 신선한 기획을 들고 왔다. 그러다 보니 기분이 좋을 수밖에 없었다.

하지만 이전 광고로 브랜드이미지를 올려놓은 C AD에게 미안한 마음이 생겼다. C AD의 광고가 좋긴 하지만, 이미 광고를 내린 이상 다시 올리는 일이 쉬운 일은 아니었다. 게다가 C AD는 이전 광고와 시리즈 형식으로 준비해 올 거란 걸 알기에 조금 안타까웠다. 분트에서 일이 생기지만 않았어도 C AD가 확실했을 텐데 시기가 너무 안 좋았다.

아직 C AD의 미팅이 남아 있었지만, 김 팀장은 이번 광고는 동양기획에게 돌아갈 것이라고 생각했다. 그때, 기다리던 한겸이 도착했다. 다른 회사 사람 없이 혼자 오는 모습에 김 팀장은 약간 의아해졌다. 혼자 온 모습이 성의가 없어서라기보다는 C AD에서도 안 된다고 생각한 것 같았다. 그런데 이상하게도 한겸의 표정이 무척이나 밝아 보였다. 김 팀장은 의아한 표정으로 일단 인사부터 건넸다.

"오랜만입니다."
"네, 안녕하세요. 지금 다들 바빠서 저만 오게 됐습니다."
"그렇게 바쁘세요?"
"네, 오늘 급하게 연락이 와서 대표님이 광고 계약 때문에 장애인복지협회 가셨거든요."

김 팀장은 그제야 한겸의 표정이 밝은 이유를 알 것 같았다. 분트가 안 되더라도 문제가 없으니 밝은 것 같았다. C AD를 생각하며 안타까워했던 마음이 조금은 편안해졌다.

"그럼 바로 PPT를 시작할까요? PPT는 저희 팀원들이 함께하게 됩니다."

"네! 바로 할게요."

한겸은 준비한 자료를 확인한 뒤 곧바로 설명을 시작했다. 그 설명을 듣던 김 팀장은 또다시 한겸이 안타까워졌다. 확실히 얼마 전까지 하던 광고와 연결되면 이미지를 구축하기에도 편하고 성공률도 높았다. 사계절을 이용해 분트가 항상 열려 있다고 말하는 것도 상당히 마음에 들었다. 하지만 지금은 쓸 수 없는 광고였다. 그럼에도 사람을 집중시키는 내용이었다. 한겸의 설명은 한참 동안 이어졌다. 그리고 마지막 페이지를 끝으로 설명을 끝냈다.

김 팀장이 아쉽지만 아무래도 동양기획의 광고로 해야 할 것 같다고 생각할 때, 한겸의 말이 이어졌다.

"이 광고를 진행하기 앞서 지금 분트가 가진 문제점을 해결해야 합니다. 저희 C AD는 지금 분트의 문제를 광고로 해결할 방법을 준비했습니다."

한겸은 이 자리에 있는 사람들을 다시 자신에게 집중시켰다. 그러고는 새로운 자료를 화면에 띄우고 설명을 시작했다.

설명을 듣던 팀원들은 감탄을 했다. 설명 중임에도 재미있을 것 같다며 서로 의견까지 묻기도 했다. 김 팀장 역시 감탄 중이었다. 다른 대행사들의 광고는 신선한 것이 전부였다. 하지만 C AD에서 준비한 것은 신선함은 물론이고 지금의 문제점도 해결할 수 있을 것 같다는 생각에 고무적으로 다가왔다.

"분트 마트… 캐릭터 이름이 굉장히 직접적이네요."

"아직 기획 단계라 확정은 아닙니다. 분트맨이 될 수도 있고, 분트 마트가 될 수도 있고, 다른 이름이 될 수도 있습니다."

"분트맨은 좀… 아무튼 기획은 굉장히 좋네요. 상당히 새로워요."

마케팅 팀 직원들도 고개를 끄덕거리며 동의했다. 그 모습을 보던 김 팀장은 고개를 끄덕였다. 임원들에게 보고를 해봐야 알겠지만, C AD가 광고를 맡게 될 것 같았다. 그러다 보니 한겸이 왜 혼자 왔는지도 알 것 같았다. 김 팀장은 한겸을 보며 자신도 모르게 혼잣말을 뱉었다.

"포기한 게 아니라 자신이 있는 거였네."

"네?"

"아! 아닙니다. 음, 그럼 PPT는 다 끝난 건가요?"

그러자 한겸은 끝나지 않았다는 듯 입을 열었다.

"모델에 대해서 얘기를 드릴 게 남아 있어요."

"음……?"

"분트 마트가 나오는 광고는 한 번으로 끝나는 게 아니에요. 처음에는 지적 사항을 고치라고 통보하고, 그다음에는 수정을 했으니 광고를 돌려주는 것도 보여줘야 하거든요. 그럼 촬영이 늘어납니다."

"그렇겠죠."

"저희는 분트 마트 역할을 맡을 사람으로 박재진 씨가 가장 적임자라고 생각했습니다. 분트도 스스로 채찍질을 하는 거잖아요? 박재진 씨도 현재 분트 모델로서 채찍질에 동참하는 겁니다. 저희가 제작하는 모든 광고는 박재진 씨가 모델을 해야 하거든요. 연결성을 접어두더라도 저희가 생각하는 그림과 가장 잘 어울리는 사람입니다. 박재진 씨도 동의했습니다."

"그렇군요. 긍정적으로 고려하겠습니다."

그제야 한겸은 만족한 듯 웃으며 고개를 끄덕거렸다. 김 팀장은 그제야 제 나이대로 보이는 한겸을 보며 가볍게 웃었다. 그러고는 손을 내밀었다.

"그럼 다음 주 수요일에 연락드리겠습니다."

*   *   *

경섭은 김 팀장의 보고를 듣고는 배를 잡고 웃었다.

"아, 대단해. 하하, 이거 사람들이 보고 어떤 반응을 보일지 너무 기대되네요, 하하."

"팀원들 모두 가장 훌륭한 기획이라고 인정했습니다."

"너무 재밌겠어요."

"저희도 그렇게 판단했습니다. 그런데… 아무래도 치부를 공개하는 일이다 보니 임원분들이 찬성을 할지 걱정입니다."

"임원들? 당연히 하겠죠."

경섭의 얼굴에는 확신이 가득했다. 대표라면 확신에 찬 표정을 하는 이유가 분명히 있을 터였다. 기다렸다는 듯이 경섭이 말했다.

"이렇게 안 하면 자기들이 계속 고객들한테 찾아가서 사과하고 다녀야 되는데 안 하겠어요?"

"아! 그렇군요."

"나 같아도 찬성하겠네. 그리고 이렇게 밝히는 게 정직한 이미지도 갖고 가장 좋아요. 기업은 투명해야 발전하는 법이니까. 오케이?"

"아직도 사과하고 다니십니까?"

"가야지 별수 있어요? 내가 그렇게 직원 늘리자고 할 땐 반대했는데, 자기들도 면목이 없겠죠."

"아……."

김 팀장은 역시 대표라는 생각을 하며 입을 열었다.

"알겠습니다. 그럼 임원 회의 때 마케팅 팀은 C AD의 광고를 지지하겠습니다."

"그러세요. 뭐 다른 건 영상만 새롭지 다른 건 없잖아요. 이거 보고도 반대하면 일 그만두라고 할 테니까 걱정 말고 진행해요."

"알겠습니다."

경섭은 또다시 보고서를 보더니 재미있다는 듯 웃었고, 김 팀장은 어떻게 광고가 나올지 기대되었다.

*　　　　*　　　　*

며칠 뒤. C AD 동아리실에선 팀원들이 모여 분트의 연락을 기다리는 중이었다.

"겸쓰, 언제 연락해 준다고 안 했어?"

"오늘 맞아. 대표님한테 연락해 주겠지."

"우리 떨어진 거 아니겠지?"

"다른 곳이 더 잘했으면 떨어질 수도 있지. 그런데 저건 아무리 봐도 진짜 좋다."

한겸은 종훈의 자리에 붙은 포스터를 보며 말했다. 그러자 종훈이 기분 좋은 표정으로 입을 열었다.

"작업도 다 끝나서 곧바로 하면 될 거 같아. '구별이 가능하십니까?' 이거 엄청 마음에 들어 했대."

"저도 들었잖아요."

장애인복지협회와 계약을 맺었다. 포스터가 완성되어 있다 보니 동아리실에서 할 일은 끝이었다. 남은 건 플랜 팀과 우범의 역할이었고, 우범은 곧바로 포스터를 인쇄해 보냈다. 지금 보고 있는 것이 바로 그 포스터였다. 이미 포스터까지 제작되었음에도 종훈은 자신이 만든 포스터가 신문에 실린다는 게 안 믿기는지, 계속해서 확인받는 중이었다.

그때, 옆에 있던 범찬이 입을 열었다.

"그런데 대표님만 너무 일 많이 하시는 거 같지 않아?"

"이번에 분트 맡게 되면 사무직 뽑는다고 했어."

"지금 뽑아야 하는 거 아니야?"

"당장은 분트 마트부터 촬영하니까 그동안 채용하신대. 사무직으로 7, 8명 구해야 한다던데."

"우리가 가장 적네."

"기획 팀도 뽑는다고 했어. 당장은 아니고. 포스터 하는 거 힘들어?"

"힘든 건 아니고, 계속 포스터 수정만 하게 될까 봐 그렇지. 나도 종훈이 형처럼 내가 만든 게 광고 나왔으면 해서."

한겸은 범찬을 보며 미소 지었다. 종훈이 성공적으로 일을 한 덕분에 서로 자극이 되고 있었다. 회사의 발전으로 보나 개인의 발전으로 보나, 어디로 봐도 아주 좋은 현상이었다. 그때, 기다리던 우범에게서 전화가 걸려왔다. 전화벨이 울리자 모두가 숨을 죽이고 한겸의 휴대폰만 쳐다봤다. 한겸은 피식 웃으며 스피커폰으로 변경한 뒤 휴대폰을 내려놓았다.

"네, 분트에서 연락 왔어요?"

—분트에서는 아직 연락이 없다. 대신 동물 보호 단체에서 연락이 왔다.

"거기서 왜요?"

—전에 주일기획에서 만든 포스터, 그걸 우리보고 홍보해 달라고 하네. 그래서 수락했고. 너희들이 할 일은 없고, 알고만 있으라고 연락한 거다.

"아, 대표님이나 플랜 팀분들 힘드시겠어요."

—힘들지. 그래도 해야지. 아무튼 연락 오면 전화하마.

분트의 연락은 아니었지만, 회사로서는 잘된 일이었다. 기획을 하는 동아리실에서뿐만 아니라 플랜 팀에서도 수익이 생기게 되었다.

"우리 회사 진짜 잘나가네… 그런데 동물 보호 단체 포스터는 뭐야?"

"주일기획에서 수정했던 포스터 말씀하시는 거야."

"'여기서 기다릴게요! 전 착한 아이니까요' 그거? 넌 뭐 건드리면 다 되는 거야?"

"하하, 그냥 수정만 한 거야."

그때, 못 한 말이 있었는지 우범에게서 다시 연락이 왔다.

"네, 정말요! 진짜요?"

한겸은 입을 오물거리기만 할 뿐 다른 말을 뱉지 않았다. 그러자 옆에 있던 팀원들이 한겸의 반응에 심상치 않다는 걸 느끼고 급하게 입을 열었다.

"야, 겸쓰! 스피커폰으로, 빨리!"

한겸은 그제야 스피커폰으로 바꾼 뒤 폰을 내려놓았다.

―그래, 분트에서 연락이 왔다. 내일 바로 계약하니까 세부적인 계획 짜서 바로 진행할 수 있게 준비해. 생각보다 더 많이 바빠지겠다.

"대표님, 저 범찬인데요! 정말 우리가 된 거예요? 분트하고 계약하는 거 맞아요?"

―맞다. 박재진 씨도 내일 계약한다고 했으니 우리가 된 게 확실하다.

"어… 나 어지러워."

―헛소리하지 말고 캐릭터 제작부터 최대한 빠르게 완성해 둬라.

통화가 끊기자 범찬은 의자에 털썩 앉더니 멍한 표정으로 침만 삼켰다. 다른 팀원들도 크게 다르지 않았다. 팀원들은 한참이나 말없이 멍한 상태로 눈만 껌뻑거렸다. 그때, 수정이 얼떨떨한 표정으로 입을 열었다.

"계속 기다렸는데 막상 됐다고 하니까 뭔가 겁나."
"나도. 한겸아, 우리 잘할 수 있겠지?"

계약을 한다는 말에 한겸도 갑자기 없던 부담감이 생겼다. 갑작스럽게 일이 무거워진 느낌이었다. 그때, 갑자기 라온 엔터테인먼트의 박재진에게서 전화가 걸려왔다.

―김 프로! 김 프로! 연락받았어요!
"아, 저희도 조금 전에 알았어요."
―아주 지금 회사에서 놀라고 난리도 아닙니다! 다시 미안남이라고 불리게 생겼습니다!
"정말 축하드려요."
―같이 축하해야죠. 김 프로도 축하해요. 정말 김 프로 덕분에 생각지도 못한 모델도 하고. 1년 계약 5억이랍니다! S급은 아니더라도 엄청 센 금액이라고, 회사에서 아주 난리가 아닙니다, 하하하.
"와……."

그 정도는 한겸도 모르던 사실이었다. 아무래도 기본 조건에 더불어, 분트 마트의 촬영이 꽤 많아질 것까지 고려한 금액 같았다.

—저번에 뭐, 이상한 히어로라고 하셨죠? 이럴 게 아니라, 만나서 촬영 준비해야죠. 저도 연습도 좀 해야 하니까, 하하.

"아직 준비를 해야 해서요. 준비되고 하시면 돼요."

—하하, 알겠습니다. 아이고, 정말 김 프로하고 만난 게 인생에서 손꼽힐 만한 행운입니다!

한겸은 가볍게 웃으며 통화를 끝냈다. 모델인 박재진조차 준비를 해야겠다고 말한 덕분에 한겸은 조금 정신을 차렸다. 이러고 있을 게 아니라 준비를 해야 했다. 한겸은 숨을 크게 들이마신 뒤 입을 열었다.

"캐릭터 제작 의뢰해 줘! 저번에 알아봤던 사람 중에 직접 만나서 수정해도 되는 사람만. 수정 많이 해도 받아들일 수 있는 사람."

"되게 어려운 걸 되게 쉽게 말하네?"

한겸은 피식 웃고는 일하자는 의미로 손뼉을 크게 쳤다.

*　　　　　*　　　　　*

생각보다 캐릭터 디자인 하는 업체를 구하기가 상당히 어려웠다. 옆에 붙어서 수정을 한다면 그 일만 붙잡고 있어야 하는데, 업체 측에서 반길 리가 없었다. 그렇다고 포기할 수도 없었다. 분트 마트가 제작되어야 뭐든 시작할 수 있었다. 그래서 일단 프리랜서들에게 의뢰를 해놓은 상태였다. 프리랜서들도 다 만나서 일할 수 있는 건 아니었지만, 지금 이 일에만 매달릴 수 있는 사람이 더 우선이었다.

작업하는 기간 동안의 작업 비용 따로, 완성되면 완성비도 따로 지불한다는 말에 프리랜서들도 열심히 작업물을 보내왔다. 하지만 하나같이 마음에 드는 것이 없었다. 어쩔 수 없이 한겸은 다시 돌려보냈고, 못마땅하게 여긴 프리랜서들이 떨어져 나갔다.

"겸쓰, 그 모승범 씨도 안 한대. 이거 계속 생돈 나가고 있는데 빨리 골라야 하는 거 아니냐? 이것도 괜찮은 거 같은데."

"그냥 만화영화 같아서 이상해. 분트 로고가 빨간색 테두리에 안에는 하얀색이라서 두 가지 색으로만 해달라고 분명히 말했는데, 이건 알록달록해서 분트 느낌이 아니잖아. 확실하게 두 가지 색으로만 해달라고 해. 공짜로 일 부탁하는 거 아니잖아."

"어휴, 캐릭터 정하는 게 왜 이렇게 어려워."

첫 촬영의 배경은 분트 건너편 건물 옥상이었다. 우범이 건물 관리자에게 승인까지 받은 상태였기에 배경부터 먼저 촬영했다. 한겸은 그 배경에 캐릭터를 넣어보고 있는 중이었다. 하지만 애니메이션이 아닌 진짜 사람을 모델로 세울 계획이었기에 쓸모없다는 걸 알고 있었다. 확인이 안 되는 만큼 더 신중하게 캐릭터를 고르는 중이었다.

그때, 범찬의 휴대폰이 울렸다.

"어, 승기야. 오랜만이네."

한겸은 범찬을 물끄러미 쳐다봤다. 범찬의 통화 내용을 듣는 순간 예전에 승기가 했던 말이 떠올랐다. 승기는 히어로가 나오는 웹툰을 그리는 게 꿈이었다.

"범찬아, 나 좀 바꿔줘 봐."

한겸은 범찬에게 휴대폰을 건네받고선 곧바로 입을 열었다.

"승기야, 한겸이 형인데 혹시 바빠?"
— 아니요. 저 요새 너무 일 많이 했다고 외삼촌이 휴가 겸 좀 쉬라고 하셔서 다음 주까지 쉬기로 했어요. 그래서 쉬는 김에 형들한테 감사 인사 드리러 가고 싶어서 연락드린 거예요.
"휴가였구나."

승기라면 동아리실에서 함께 작업을 해도 될 것 같았기에 부탁을 하려던 한겸은 입맛을 다셨다. 휴가라는 승기한테 일을 부탁하기가 꺼려졌다. 그때, 옆에 있던 범찬도 한겸의 생각을 알아차렸는지 전화를 가로챘다. 그러고는 스피커폰을 누른 뒤 입을 열었다.

"너, 고액 알바 안 해볼래?"
— 지금도 충분한데요.

"충분하기는! 너 왜 이렇게 나태해졌어! 이래서 히어로 만화 그릴 수 있겠어?"

—왜요? 뭐 시키실 일 있으세요? 형들한테 돈 받기는 그러니까 그냥 도와드릴게요.

"됐거든? 너 우리 소식 못 들었구나. 네가 상상도 못 할 정도로 올라가고 있는데."

—흐흐, 들었어요. 어떤 일인데요?

"우리가 히어로 캐릭터를 만들어야 되거든. 한겸이 까탈스러운 거 알지? 한겸이가 마음에 드는 게 없다고 하더라고. 너 히어로 웹툰도 그린다는 생각이 나서 알바해 보라는 거야."

—히어로요? 아, 구상하면서 그려놓은 건 좀 있는데.

그 말을 들은 한겸이 대화에 끼어들었다.

"그게 많아? 혹시 빨간색하고 하얀색으로만 된 것도 있을까?"

—음, 정확히는 모르겠어요. 히어로도 그리고, 악당도 그리고 해서 좀 많아요. 한번 보여 드릴까요?

"응. 내가 갈게."

—아니에요! 형들 목소리 들으니까 바쁘신 거 같은데 제가 메일로 보내 드릴게요.

"그래. 이 중에 괜찮은 거 있으면 우리한테 팔 수 있을까?"

—그냥 쓰셔도 돼요. 형들 덕분에 지금 저 엄청 돈 많이 벌어요. 그래서 형들 고기 사드리려고 한 거예요.

"하하하, 됐어. 나중에 내가 사줄게. 그리고 만약에 괜찮은 거 있으면 다시 연락해 줄 테니까 바로 좀 보내줄래?"

―넵! 지금 바로 보낼게요.

얼마나 많은지는 알 수 없지만 한겸은 약간 기대가 되었다. 잠시 뒤, 승기가 메일을 보냈다는 메시지를 보냈다. 한겸은 곧바로 파일을 다운받았고, 옆에 있던 범찬은 고개를 갸웃거렸다.

"그림인데 왜 이렇게 용량이 커. 작업 파일 아니야?"

범찬의 말처럼 파일 용량이 상당했다. 한겸은 다운받은 압축 파일을 풀었다. 그리고 폴더 안에 든 파일을 보며 깜짝 놀랐다.

"얘 아예 지가 그린 만화를 보내놨네."
"생각한 장면을 전부 그렸나 보네."

승기가 보낸 파일은 많게는 열 컷, 적게는 캐릭터만 있는 한 컷으로 되어 있었다. 그동안 작업했던 것들을 모두 보냈는지 엄청나게 많은 양이었다. 한겸은 포즈까지 볼 수 있어 오히려 잘됐다는 듯 하나하나씩 살피기 시작했다. 옆에 있던 범찬은 고개를 젓더니 입을 열었다.

"융통성 없이 이걸 다 보냈네. 겸쓰, 네가 확인해. 난 그중에 없을 수도 있으니까 프리랜서들이 보낸 거 정리할게."
"응, 알았어."

한겸은 곧바로 하나씩 살펴보기 시작했다. 광고가 아닌 덕분에 모든 색이 보이는 상태여서 원하는 캐릭터가 보인다면 금방 알 수 있을 것 같았다.

한겸은 계속해서 승기의 작품을 살폈다. 한 장, 한 장 볼 때마다 승기의 실력이 발전하는 게 보였다. 하지만 아직까지는 특별한 게 발견되지 않았다. 그럼에도 한겸은 한 컷, 한 컷 집중하며 살폈다. 그러다 보니 시간이 많이 소요됐다.

어느덧 승기의 작품을 보기 시작한 지 두 시간이나 지났다. 이제 남아 있는 것도 얼마 없었다. 그때, 미국의 유명한 히어로 물을 따라 한 듯한 그림이 보였다. 히어로끼리 대립하는 장면이었고, 상당히 많은 캐릭터가 담겨 있었다.

이순신 동상이 있는 걸로 봐서 배경은 광화문이었다. 그곳에 임금이나 입는 곤룡포를 입은 캐릭터도 있었고, 공붓벌레 캐릭터인지 안경을 쓰고 책을 들고 있는 캐릭터도 보였다. 한겸이 그 장면을 보고 피식 웃을 때, 가장 뒤에서 손에 부채를 들고 갓을 쓴 채 두루마기를 입고 있는 사람이 눈에 들어왔다. 전체적인 모습이 보이진 않았다. 그럼에도 한겸은 그 캐릭터를 유심히 쳐다봤다. 흰 모자에 빨간 테두리. 흰 두루마기에 동정, 깃, 옷고름까지 빨간색으로 되어 있었다. 뭔가 괴이하면서도 상당히 인상적이었다. 그리고 분트의 색깔과 딱 맞아떨어졌다.

"부챗살도 빨갛네……."
"뭐? 부챗살 먹게? 부챗살 먹어도 될 정도로 좋은 거 찾은 거야?"

범찬이 환하게 웃으며 다가왔고, 한겸은 피식 웃으며 입을 열었다.

"이거 봐봐. 전혀 생각하지 못했던 캐릭인데 느낌 있지 않아?"

"좀⋯ 무서운데? 무서운 선비 같다."

"좀 무서워야지. 그래야 분트가 요구를 들어주잖아. 부채로 얼굴을 가리면 가면을 쓰지 않아도 되고. 그리고 무엇보다 우리나라 고유 한복이라는 점도 좋고."

"그게 왜?"

"분트가 미국 회사인데 히어로가 한국 사람이면 더 좋아하지 않을까? 쉽게 말해 국뽕을 느낄 수도 있고."

"그러네. 크크, 꼼수 봐라."

한겸은 곧바로 승기에게 전화를 걸었다.

"승기야, 혹시 그 선비 캐릭터 말이야."

─선비요? 그게 뭐⋯ 아! 이순신 동상 앞에서 모여 있는 그림 말씀하시는 거 맞아요?

"응, 맞아. 그게 마음에 들어서 그런데, 우리가 구매했으면 하거든. 네가 사용하는 게 아니면 구매하고 싶어."

─형 필요하시면 그냥 쓰세요.

"그냥 쓰는 건 아니지. 일단 확인부터 하게 자세히 보내줄 수 있을까?"

—음, 그냥 말로 해드려도 되는데. 능력은 빨간 옷깃이 날아가서 악당을 묶는 거예요. 묶이는 순간 과거를 되돌아보고 반성하게 되고, 반성을 하지 않으면 결국 죽어요. 그 빨간색이 옛날 백성들의 피거든요. 그래서 탐관오리들에게 징벌을 내리는 캐릭터예요. 백성들의 한이 담긴 옷깃이 생명의 근원이고요. 그렇게 계속 살아서 탐관오리들에게 벌을 내리는 강도가 강한 바람에, 선도 악도 아닌 캐릭터예요.

"아, 그랬구나. 그런데 설명보다는 캐릭터만 필요해서 그런데, 새로 그려줄 수 있을까?"

—아, 하하… 알겠습니다.

승기는 민망했는지 곧바로 전화를 끊었고, 한겸은 피식 웃었다. 한참이 지나 승기에게서 메시지가 도착했다. 한겸은 곧바로 파일을 다운받았다. 그러고는 화면을 한참이나 쳐다본 뒤 미리 촬영해 놓은 배경을 불러왔다. 그리고 그 위에 무언가를 적기 시작했다. 한참을 수정하며 작업을 하던 한겸이 만족한 표정을 지으며 씨익 웃었다.

"오… 좋다. 범찬아! 이거 어때?"

"대사가 장난 없게 오글거리네. 내 그대들의 한을 풀기 위해서라면 악인으로 살아가리다. 왜 재수 없게 빨간색 글씨야. 대사도 완전 오글거린다. 내 팔 봐. 소름 돋았어. 이거 뭐야?"

"승기가 쓴 거야. 기다려 봐."

한겸은 승기가 보낸 그림을 화면에 띄웠다.

"선비 옆에 세로로 적혀 있던 거야."
"어우, 캐릭터는 느낌 있는데 이 문구가 너무 오글거리는데. 우리 어차피 네이티브 광고라고 카피 안 쓰기로 했잖아."
"이 대사 꼭 해야 해. 무슨 일이 있어도 이건 써야겠어."
"또 병 도졌네. 그래도 콘셉트는 확실하네."

한겸은 피식 웃고는 말을 이었다.

"박재진 씨도 이거면 직접 연기해도 될 것 같아. 가면도 안 쓰고, 부채로 얼굴 가리면 되니까. 종훈이 형이랑 수정이 언제 오지? 의논했으면 좋겠는데."
"아까 의상실에서 출발했다니까 올 때 됐어."

마침 의상실에 캐릭터 의상 제작을 알아보러 갔던 수정과 종훈이 들어왔다.

"양반은 안 되네."
"우리 얘기 했어?"
"했죠. 한겸이가 캐릭터 정했다고 언제 오냐고 그랬어요."
"드디어 캐릭터 정했어?"

한겸은 웃으며 캐릭터를 보여주었다. 그러고는 범찬에게 했던 설명을 그대로 했다. 그러자 종훈은 이번에도 찬성을 하며 좋아했고, 수정은 고개를 갸웃거렸다.

"이러면 이름이 분트맨이나 분트 마트는 안 어울리겠는데? 한복 입고 외국 이름이면 이상할 거 같은데."

수정의 지적에 한겸은 아차 싶었다. 캐릭터만 보다가 이름을 생각하지 못했다. 그때, 범찬이 손가락을 튕기더니 크게 웃었다.

"분마! 분트 마트 줄여서 분마! 이 캐릭터, 선도 악당도 아니라며. 분노한 마귀. 더 무섭지?"
"괜찮네. 분마, 분트 마트, 분마."
"당연하지. 분마신공! 나의 빨간 깃을 받아라!"
"분마 박재진. 호로 사용하면 되겠다."

한겸은 두 개의 이름을 반복해서 뱉으며 고개를 끄덕거리고는 자리로 돌아가 또다시 배경에 분마를 적었다. 하지만 이름은 회색이었다. 그래도 카피가 노란색으로 보였기에 만족해하며 곧바로 휴대폰을 꺼내 들었다.

"대표님, 지금 캐릭터 메일로 보냈거든요. 그거로 할 거예요."
—알았다. 계약하게 어떤 사람 작품인지도 보내라.
"승기라고, 예전에 저희가 개인 광고 만들었던 친구가 만든 작품이에요."

─안다. 추억을 담아 낭만을 남기다. 그 친구 연락처 보내면 내가 만나보마.

"네, 잘 부탁드려요."

─그래. 그리고 플랜 팀 사무실 가까운 곳에 사무실 하나 더 구했으니까 그렇게 알고. 내일부터 직원들 출근할 거다. 나중에 인사시켜 줄 테니까 지금은 제작부터 신경 쓰고, 방 PD와 계약했으니 촬영 날짜 조율은 직접 해야 할 거다.

"아. 그럼 의상 제작도 알아봐 주세요. 저희 인원이 너무 부족해요."

─알았다. 그리고 촬영에 필요한 거 바로바로 말해라.

우범은 분트와의 계약을 하자마자 서둘러 사무실을 꾸리고 있었다. 밤낮없이 일하더니 어느 정도 완성되어 가는 모양이었다. 기획 제작만 신경 쓰게 해준다는 말을 지키려는 듯 하나씩 꾸려 나가고 있었다. 통화를 마친 한겸은 만족한 듯 웃었다. 옆에 있던 수정도 만족한 표정으로 말했다.

"안 그래도 IJ 갔는데 거기는 사람이 너무 많아서 허탕 치고 왔어. 미팅하려면 이 주일은 기다려야 된대. 그래서 거기 빼고 세 군데 다녀오긴 했는데, 비용이 너무 터무니없더라고."

"잘했어. 어차피 한복을 알아봐야 할 거 같아서 대표님한테 부탁했어."

"그럼 분트에서 고객 불만 자료 받아서 정리하면 바로 촬영이네."

"웅, 그거 해야 할 거 같았거든. '내 그대들의 한을 풀기 위해서라면 악인으로 살아가리다' 이 느낌으로."

"너 연기하지 마. 그냥 말로 해."

"박재진 씨한테 설명하려면 느낌을 알아야지! 어험, 분트는 보거라!"

"하지 말라니까. 그렇게 하면 웃기잖아."

한겸은 계속해서 대사를 뱉었고, 한겸의 열연에 팀원들은 피식거리며 웃었다.

제3장

선비 분마

다음 날. 한겸은 팀원들과 함께 분마 영상에 대한 세부적인 계획을 짜던 중이었다. 그런 한겸의 휴대폰에는 메시지가 쉴 새 없이 도착했다. 우범은 물론이고 얼굴도 못 본 직원들이 보낸 메시지였다.

[샘플 확인 후 한복 업체 계약. 갓과 부채 제작비까지 예상 355만 원.]

맞춤 한복이라 하더라도 너무 비쌌다. 그 이유는 우범에게 있었다. 선비 캐릭터가 입은 두루마기가 너무 새것처럼 보여서는 안 된다고 했다. 그렇다고 너무 낡아서도 안 된다며 인위적으로 낡아 보이게 만드는 비용이라고 했다. 게다가 샘플을 하루 만에 제작했고, 제작 기간을 최단으로 잡았기에 가격이 상승해 버렸다. 그때, 한겸의 휴대폰이 또다시 울렸다. 한겸은 팀원들에게 양해를 구한 뒤 통화 버튼을 눌렀다.

—김 프로! 이거 어때요. 내 그대들의 한을 풀기 위해서라면 악인으로 살아가리다. 잘했죠?

"네, 괜찮네요."

—오늘 하루 종일 사극 톤 배우느라고 얼마나 고생했는지 몰라요. 참, 좀 전에 한복 치수도 재고 갔어요, 하하.

"그러셨어요? 제작 3일 걸린다고 했으니까 그때까지 톤만 연습해 주세요."

—촬영은 바로 하는 거죠?

"네, 그럼요. 꼭 누구도 모르게 해주세요. 비밀 유지."

—그럼요. 그때 분트에서 성 대표님이 보안 유지 각서도 준비해 오셔서 사인했죠, 하하.

"네. 그럼 제가 대사 나오는 대로 보내 드릴게요."

한겸은 곧바로 시나리오를 짜려 했지만, 또다시 전화가 걸려왔다.

"어, 승기야."

—형, 이거 맞아요……?

"뭐가?"

—형네 회사 직원이 어제 만나자고 해서 만났는데…….

"캐릭터 비용 때문에 그래?"

—네. 너무 많은데요?

"그게 캐릭터 개발 가격에 네가 디자인 매뉴얼까지 잡아준 거야. 네가 직접 쓴 대사까지 사용하게 될 거고, 그 캐릭터 자체를 우리가 쓰게 되는 거야."

—그래도 천오백만 원이라는데요……

"캐릭터 개발, 매뉴얼 가격을 보통 회사에서 그렇게 하더라고. 그리고 앞으로도 우리가 계속 사용하게 될 거라서 대표님이 책정하신 거야. 계약서 보면 우리가 구매해서 저작권으로 문제 삼을 수 없다고 되어 있을 거야. 어떻게 보면 굉장히 적은 금액일 수도 있어."

—어유, 적긴요… 그냥 쓰셔도 되는데. 감사합니다. 나중에 고기 사드릴게요.

한겸은 피식 웃고는 통화를 마쳤다. 이런 전화가 계속 걸려오는 통에 시나리오에는 참여할 수가 없었다. 팀원들에게 미안한 마음에, 한겸은 급하게 작업에 참여하려 했다. 그런 한겸의 모습에 범찬이 웃었다.

"다 했거든? 이거 확인만 해봐. 이게 크랜베리로 시작됐으니까 시작은 크랜베리로 하는 게 좋겠어."

"응. 괜찮다. '제대로 보상할 때까지 너희들의 광고는 내가 보관하마. 구월 초이레까지 내 요구대로 행한다면 돌려주도록 하마. 만약 지키지 아니할 시! 너희들의 또 다른 무언가를 잃게 되리라."

"연기하지 말라니까? 왜 자꾸 되지도 않는 연기 하고 있어. 저 봐, 수정이 귀 막았잖아."

"하하, 느낌을 살린 거지. 괜찮은 거 같아. 그럼 제작하고 방 PD님이 손바닥에 올려놓은 광고가 사라지도록 작업하면 끝나겠다."

회의는 끝났지만 아직 포스터 작업은 남아 있었기에 휴식을 취할 순 없었다. 그때, 또다시 휴대폰이 울렸다. 이번엔 한겸이 아닌 종훈이었다. 휴대폰을 보던 종훈은 민망한 표정으로 고개를 들었다.

"왜 그래요?"

"지하철역에 포스터 붙었대. 서울역, 사당역, 신도림 포함 20곳에 집행 기간 6개월이래."

종훈은 여전히 민망한 표정으로 휴대폰을 내밀었다. 휴대폰 화면에는 종훈이 제작한 포스터가 지하철역에 붙어 있는 모습이 떠 있었다.

"이야, 이렇게 봐도 좋네요."

"고마워. 휴, 이렇게 붙으니까 이제야 내가 한 거 같다."

종훈은 가슴을 쓰다듬으며 말했고, 팀원들은 그런 종훈을 보며 미소를 지었다.

　　　　*　　　　　*　　　　　*

　늦은 밤이 되어서야 집으로 돌아온 종훈은 곧바로 형부터 찾
았다.

　"엄마! 벌써 퇴근했어? 형은?"
　"네가 좀 말려봐. 엄마 퇴근하고 왔을 때부터 계속 컴퓨터하
고 있어."
　"그래? 엄마, 이거 봐."

　종훈은 곧바로 휴대폰을 어머니에게 내밀었다.

　"내가 만든 포스터 지하철역에 붙었대."
　"어머, 정말이야? 아이고, 고생했어!"

　휴대폰을 보던 어머니의 얼굴에는 미소가 가득했다.

　"우리 종민이도 잘 나왔네. 너무 잘했어."
　"팀원들이 다들 도와줘서 잘됐어."
　"잘했어. 진짜 수고했어. 그 친구들 언제 한번 데려와. 엄마가
식사라도 대접할게."
　"알았어. 나 형한테도 좀 보여주고 올게. 내가 알아서 밥 먹을
테니까 엄마는 쉬고 있어."

종훈은 곧바로 형이 있는 방문을 두드린 뒤 조심스럽게 문을 열었다.

"형, 나 왔어."

형은 무척이나 반가운 얼굴로 빨리 들어오라며 손을 흔들었다.

"왜 엄마 걱정하게 하루 종일 컴퓨터하고 있었어. 아! 머리 때리면 안 된다고 그랬잖아."
"싫어."
"알았어. 형, 이거 봐. 형이 저번에 글 쓴 거 찍은 거 있잖아. 그게 완성됐어. 이거 형이야."

형은 언제나처럼 별 관심이 없었다. 아예 휴대폰을 보지도 않고 있었다. 종훈은 그런 형을 보고 웃으며 말했다.

"고마워. 형 덕분에 잘됐어."
"돈가스."
"돈가스 먹자고? 어제 먹었잖아. 아! 또 때려. 알았어. 찬성!"
"흐흐, 찬성 좋아."
"찬성! 알았어. 그럼 돈가스 먹으면서 이거 봐야 해?"
"찬성! 갈래, 빨리."

형은 자신의 말을 들어주고 원하는 걸 해주는 종훈이 좋은지 웃으며 일어났고, 종훈 역시 그런 형을 보며 미소를 지었다. 언젠가는 형이 포스터에서처럼 하고 싶어 하는 일을 할 수 있길 기도했다.

＊　　　＊　　　＊

며칠 뒤. 모든 준비를 끝낸 한겸은 촬영 장소에 자리했다. 박재진의 노출을 최소한으로 하기 위해 스태프 수도 제한했다. 이제 촬영 준비도 끝났고, 박재진만 오면 바로 촬영이었다. 그때, 누군가가 촬영 장소인 옥상으로 올라왔다. 그러자 방 PD가 고개를 돌리며 말했다.

"그냥 바람 쐬러 온 척해."
"하하, 그냥 잠깐 올라온 사람인가 본데 그 정도까진 안 해도 돼요."
"보안을 철저하게 해야지. 그런데, 어? 안녕하세요."

방 PD의 갑작스러운 인사에 한겸도 고개를 돌렸다. 그러자 택배회사 조끼를 입고 상자까지 들고 있는 박재진이 보였다.

"하하, 방 PD님, 오랜만입니다. 김 프로도요, 하하."
"왜 그러고 오셨어요?"
"아, 이거요? 보안을 철저하게 해야 한다고 해서, 스튜디오에 자주 오는 택배 기사한테 빌렸죠. 이렇게 하고 오면 누가 난 줄 알겠어요. 그냥 비슷하게 생겼구나 그런 생각 하고 말겠죠."

한겸은 물론이고 옆에 있던 스태프들이 헛웃음을 뱉었다.

"그래서 혼자 오셨어요?"
"용진 씨는 차에서 대기하고 있어요. 경비라도 있을 줄 알고 박스도 준비했는데. 하하."
"연습은 하셨죠?"
"그럼요. 연기 선생님이 사극 출연하냐고 물어봐서 아주 곤란했다니까요. 그래도 잘한다고 칭찬도 받았습니다."
"잘하셨어요. 그럼 옷 갈아입으시면 돼요. 박 프로님, 의상 좀 부탁드려요."

우범이 뽑은 직원들까지 나와 있는 상태였다. 이곳에서 처음 얼굴을 본 터라 아직까지는 서먹서먹한 관계였다. 직원이 분장 팀에게 따로 지시하자 분장 팀이 박재진을 데리고 들어갔고, 옆에 있던 방 PD가 웃으며 말했다.

"진짜 열정이 대단하다. 설마 저렇게까지 해서 올 거라고는 생각도 못 했네."
"저도요."
"그나저나 잘하겠지?"
"저번에도 보셨잖아요. 잘하실 거예요. 어제 사진도 봤는데 의상도 잘 어울리더라고요."

"네가 그렇다면 그런 거겠지. 그런데 너희 정말 대단하다. 고작 4명에서 시작한 게 엊그제 같은데 이제 직원이 15명이나 된다며. 수정이 말로는 아직도 멀었다던데."

"저희 대표님이 필요한 분들 채용하신 거예요. 저희는 기획 팀이라 사실 잘 몰라요."

"하하, 그게 마음 편하지."

방 PD와 대화를 나누는 사이 박재진이 옷을 갈아입고 나타났다.

"내 옷을 이렇게 입으니 기분이 이상하고만."

"하하, 사진으로 볼 때보다 더 잘 어울리시는데요?"

"그렇소? 내 옷발이 좀 된다오."

"말투도 좋고요, 하하."

박재진은 자신이 정말 분마라도 된 듯 부채도 펼쳐보고 두루마기도 휘날렸다. 저렇게 캐릭터에 빠질수록 촬영에 도움이 되기에 한겸은 말릴 생각이 없었다.

"대사는 다 보셨죠? 방 PD님이 끊어서 해도 된다고 했으니까 부담 갖지 마세요."

"돈을 받았는데 내 어찌 허투루 할 수 있겠소. 다 외워 왔으니 걱정 마시오."

"꽤 긴데 다 외우셨다고요?"

"그렇소. 내 김 프로의 한을 풀기 위해서라면 그거 하나 못 외우겠소."

"하하하, 그럼 잘 부탁드려요."

박재진에게 맡기길 정말 잘했다는 생각이 들었다. 한겸은 환하게 웃으며 한 발 물러서 방 PD의 옆으로 다가갔다. 네이티브 광고도 광고였기에 분명히 색이 보일 것이었다. 카피만 해도 노란색으로 보였기에, 박재진이 광고에 어울리는 포즈를 취한다면 분명히 색이 보일 것 같았다. 그래서 여러 가지 포즈를 미리 준비해 왔다. 한겸은 준비해 온 이미지를 이미 방 PD에게 건넨 상태였다. 방 PD의 손에는 한겸이 건넨 이미지가 들려 있었다.

방 PD는 위치 및 장비 세팅을 재차 확인하고 곧바로 촬영에 들어갔다. 역시 프로답게 현장을 리드했다. 촬영은 문제없이 계속 진행되었지만, 아직까지 박재진의 얼굴은 회색으로 보였다. 촬영은 계속되었다. 방 PD가 한겸에게 의견을 묻고 다시 촬영하는 일이 반복되었다.

"오른손 얼굴 안 보이게 부채 더 올리시고, 얼굴 전체에 그늘지게 갓은 더 내리시고. 야, 중원아, 부채 더 펼쳐 드리고 갓도 내려 드려. 그리고 왼손도 좀 더 올려야지 나중에 광고 넣어요. 더, 더, 더. 오케이! 한겸아, 어때?"

한겸은 고개를 저었다. 여전히 회색이었다. 그때, 박재진이 눈에 땀이 들어갔는지 왼손을 올려 손등으로 땀을 닦았다. 그때,

한겸이 갑자기 소리쳤다.

"지금! 그거! 한쪽 눈 가리고 해요!"

"저렇게? 손바닥에 광고 내보낼 거 맞지? 저렇게 주먹 쥐면 어떻게 넣어?"

"저 장면은 맨 마지막에 광고 움켜쥐는 거로 해요. 그리고 앞에 촬영도 지금 위치에서 손 편 채로 하죠."

"음, 저렇게 하면 눈 위치니까 분트 광고가 좀 더 잘 보이겠네. 재진 씨, 움직이지 마세요."

"일단 마지막 장면부터 해봐도 되죠?"

"그러자."

날이 아직 더웠기에 박재진은 땀범벅이었다. 그럼에도 비비던 눈을 멈추고 대사를 뱉었다.

"내 그대들의 한을 풀기 위해서라면 악인으로 살아가리다."

"잠시만 그대로 있어요. 한겸아, 사진 찍는다?"

한겸이 고개를 끄덕거리자 방 PD가 프로덕션 직원에게 사진을 촬영하라고 지시했다. 사진을 몇 번 촬영한 뒤 방 PD가 입을 열었다.

"오케이, 좋아요!"

"아! 눈에 땀 들어가서 따끔거려 죽겠고, 더워 죽겠네! 힘들어

죽겠다!"

"잠깐 쉬었다 해요. 분장 팀, 땀 좀 닦아주고 다시 화장 좀 해 주세요."

눈도 깜빡이지 않고 박재진을 보던 한겸도 그제야 숨을 몰아 뱉었다. 그러고 노트북을 펼치자 사진을 촬영했던 직원이 곧바로 카메라를 들고 왔다. 그동안의 경험으로, 이제는 말하지 않아도 한겸이 무엇을 하려는지 알고 있었다.

한겸은 곧바로 미리 만들어놓았던 카피를 불러와 박재진의 사진 위에 올려놓았다. 그러고는 카피를 수정하기 시작했다.

어느덧 옆으로 와 있던 박재진은 물론이고, 모든 스태프들이 한겸의 화면을 쳐다보고 있었다.

"와, 얼굴은 하나도 안 보이네. 내 눈빛이 이렇게 무섭게 생겼어요? 이거 진짜 악인인데요?"

"그러게요. 빨간 글씨 때문인지 약속 안 지키면 사람 죽일 거 같은 분위기네요."

"음, 지금도 충분한 거 같은데 뭘 저렇게 움직이는 거예요?"

"하하, 한겸이가 워낙 완벽주의자라 구도 이런 걸 최적화하더라고요."

그때, 한겸이 노트북에서 손을 내려놓았다. 그러고는 옆에 있던 사람들을 보고 입을 열었다.

"끝! 너무 잘 나왔어요. 이 포즈 잊으시면 안 돼요."

"휴, 더워서 죽을 뻔했네."

"아직 촬영도 남았고, 내일도 촬영이신데 조금만 힘내세요."

"맞다. 내일은 광고 돌려주는 거 찍어야 되네. 어우, 벌써부터 겁난다. 이 도포 자락 너무 덥네요!"

박재진의 투덜거림에도 한겸은 기분 좋은 표정으로 환하게 웃었다. 이 광고를 본 사람들이 어떤 반응을 보일지 벌써부터 기대되었다.

*　　　*　　　*

며칠 뒤, C AD에서 광고가 올라갔다는 연락을 받은 분트의 김 팀장은 광고를 보며 피식 웃었다. 얼마 전 최종 확인을 하라며 보냈을 때 이미 확인을 했지만, 인터넷에 뜨자 색다른 기분이었다.

광고가 시작되는 장면은 별빛이 보이는 밤하늘이었다. 그리고 밤하늘에 별빛이 모이더니 분마라는 글자를 새겼고, 글자들이 밑으로 떨어지며 시점이 바뀌었다. 배경은 빌딩 옥상으로, 그곳에는 하얀색에 빨간 테두리가 쳐진 갓과, 빨간 깃으로 장식한 하얀 두루마기를 입은 사람이 있었다. 물론 김 팀장은 저 사람이 박재진이라는 걸 알고 있었지만, 처음 보는 사람은 박재진이라고 상상할 수도 없을 것 같았다.

상당히 기이한 모습이 시선을 잡아끌었다. 그 덕분에 하단에 적힌 '이 영상은 분트의 광고 영상입니다'라는 안내가 눈에 들어오지 않았다. 그렇게 기이한 모습을 한 박재진이 대사를 뱉었다. 대사 또한 신선했고, 박재진이 연습을 많이 한 덕분에 전혀 어색하지 않았다. 배경, 의상, 대사들이 조화로웠다.

특히 마지막 장면이 압권이었다. 왼쪽 눈에 대고 있던 손바닥에서 기존 분트의 광고가 나왔다. 그런 상태에서 대사를 끝낸 뒤 주먹을 쥐자, 광고가 주먹으로 빨려 들어가는 것처럼 보였다. 한쪽 눈만 보이는 박재진 역시 무척이나 신비롭게 보였다. 무엇보다, 박재진의 옷깃에서 가루가 떨어지더니 왼쪽에 세로로 글자를 만들었다.

내 그대들의 한을 풀기 위해서라면 악인으로 살아가리다.

그리고 광고가 끝났다. 광고라는 느낌보다는 영화의 일부분을 보는 느낌이었다. 흥미로웠고, 신선했다. 김 팀장은 사람들이 어떤 반응을 보일지 무척 궁금했다. 광고가 이제 시작된 상태였기에 분트의 홈페이지나 Y튜브 채널까지 찾아오는 사람은 별로 없어 제대로 된 반응을 볼 순 없었지만, 몇 없는 반응만으로도 광고가 성공할 걸 알 수 있었다.

─영화 예고인 줄 알고 한참 봤네.

─분트 개웃기네. 자기네 까는 걸 광고로 내보냄?

─광고 내린 게 이 광고 내리려고 한 거였군요. 빅 픽처… 소름입니다.

─모델 유상준 아님? 연기 쩌는데. 진짜 무서움.

─뭔가 무당 같은 느낌?ㅋㅋ

분트의 잘못을 지적하는 댓글은 거의 없었다. 오로지 광고에 대한 얘기들뿐이었다. 이것만 봐도 상당히 성공적인 광고였다. 그때, 전화를 받던 팀원이 입을 열었다.

"팀장님, 고객관리 팀에서 고객 두 명 만나 잘 처리했다고 연락 왔습니다."

"그래? 잘했네. 그럼 이제 기다리면 되는 거네."

"그런데 대표님은 왜 몇 명만 하라는 겁니까?"

"사람들이 광고를 많이 보길 원하는 거지. 그리고 이슈가 오래 가길 원해서 그런 결정을 내리신 거야. 분트에 시선이 집중됐을 때, 한 번에 해결해서 더욱 관심을 집중시키려는 거야."

"아무리 봐도 이번에 오신 대표님 정말 신기하네요. 보통 빨리빨리 해결하라고 하는데. 그리고 전 대표님 얼굴 이렇게 많이 본 적도 처음이에요. 전에 있던 대표님은 인사는커녕 얼굴도 제대로 못 봤는데."

"하하, 직원을 많이 아끼시더라. 좋은 분 같아."

김 팀장은 대표실에서 본 경섭의 모습을 떠올리며 미소를 지었다. 그때, 소비자 모니터를 하던 직원이 입을 열었다.

"팀장님! 글 올라왔어요. 크랜베리 아몬드, 그 환불 못 받았던 사람이 인터넷에 글 올렸어요."

팀장은 피식 웃었다. 첫 단추를 제대로 끼운 듯한 느낌이었다.

*　　　　*　　　　*

회사에서 퇴근을 하고 집으로 돌아온 남자는 집 앞에 놓인 박스를 보며 고개를 갸웃거렸다.

"택배 시킨 게 있었나? 없는데."

남자는 의아한 표정으로 상자를 이리저리 쳐다봤다.

"송장도 없어? 뭐지? '임동건 님께'라고 내 이름은 적혀 있는데."

남자는 뭔가 찜찜한 마음에 현관문 앞에서 쪼그려 앉아 박스를 뜯었다. 그러자 그 안에 카드가 놓여 있었다. 카드를 여니 '진심으로 사과드립니다'라는 말 밑으로, 펜으로 직접 적은 내용이 보였다.

「분트를 아껴주시고 기대해 주셨던 만큼 적지 않은 실망을 하셨을 거라고 생각합니다.

앞으로 이런 일이 발생하지 않도록 더욱 면밀한 관리와 세심한 주의를 기울이겠습니다.

제품뿐만 아니라 서비스도 만족하실 수 있는 기업으로 거듭나는 계기로 삼겠습니다.

다시 한번 불량품으로 인해 불편을 겪으신 임동건 님께 죄송하다는 말씀을 전하며, 진심으로 사과드립니다.

　대표이사 김경섭 올림」

　남자는 머리를 긁적거렸다. 예전에 다 부서진 과자를 구매해서 환불을 했고, 그 환불 처리 중에 직원의 태도가 마음에 들지 않아 고객 센터 및 인터넷에 올린 바 있었다. 그 때문인지 얼마 전에 분트의 부장이라는 사람이 찾아와 사과를 했는데, 이번엔 대표가 편지를 보내 사과를 했다.

　고작 과자 하나 때문에 이런 편지를 받았다는 게 민망하긴 했지만, 한편으로는 대우받는 것 같아 기분이 꽤 좋았다. 남자는 상자 안을 들여다봤다. 그러자 그 안에는 크랜베리 아몬드 쿠키가 가득 들어 있었다.

　상자를 들고 안으로 들어온 남자는 곧바로 휴대폰을 꺼내 상자와 편지를 촬영했다. 그러고는 소파에 앉아 자신이 자주 가는 커뮤니티에 글을 올리기 시작했다.

　[분트(크랜베리 사건) 근황]
　대표가 편지를 보내서 사과를 했습니다. 고작 과자 하나에도 이런 정성을 보이시니 어느덧 불쾌함 대신 믿음이 자리하게 됐네요. 한국의 기업들도 분트를 본받길 바라며 인증합니다.

　남자는 촬영한 사진까지 올린 뒤 글을 등록했다. 그리고 잠시 뒤 댓글들이 달리기 시작했다.

　—분마한테 광고 되찾으려고 저러는 듯.
　—분마가 뭐죠?
　—분마ㅋㅋ 인터넷에 분트 광고 치면 나옴.
　—광고가 이상한 게 아니라 분트가 제대로 약 빤 듯.
　—ㅋㅋㅋ지네 광고 지네가 뺏어 갔다고 해서 진짜 미친 줄 알았음.
　—모델 누구예요? 눈빛 없었으면 허공에 갓 쓴 줄.

　남자는 고개를 갸웃거리고선 Y튜브에 분트 광고를 검색했다. 그러자 단 하나의 동영상이 떴다. 남자는 그 광고를 클릭했다. 그리고 광고를 다 본 남자는 실실 웃었다. 지금 상황이 무척이나 재미있게 느껴졌다.

　이렇게 광고를 내보내 악당을 자처하는 분트도 재밌었고 신선했다. 그만큼 투명하게 운영하겠다는 점을 보여주려는 것처럼 느껴졌다. 남자는 실실 웃으며 자신의 글에 댓글을 달았다.

　—분마 덕에 한이 풀렸습니다. 크랜베리는 없어도 될 것 같군요. 그래서 분마 덕에 얻은 크랜베리 아몬드 쿠키 나눔 합니다.

　댓글을 적은 남자는 피식 웃었다. 영웅에게 구출당한 시민 느낌이 나쁘지는 않았다.

*　　　*　　　*

며칠 뒤. 인터넷에는 분마로 인해 보상을 받았다는 글이 쉴 새 없이 올라왔다. C AD 팀원들도 그런 글들을 보던 중이었다.

"겸쓰, 이거 봤어? 이거 개웃긴다. 분마 코스프레 했어, 푸하하."

"아까 봤지."

"진짜 인기 엄청나다. 반응이 좋아도 너무 좋아. 조회수 늘어나는 게 박순정 김치보다 훨씬 빨라."

한겸은 고개를 끄덕이며 미소를 지었다. 분마 광고와 분트의 적절한 대처가 서로 시너지효과를 내고 있었다. 소비자들은 지금 이 상황을 무척이나 재미있게 받아들이며 즐기고 있었다.

처음에는 보상을 두 명으로 시작하더니 날마다 점점 늘렸다. 이제는 크랜베리 쿠키 중 불량품을 구매했던 소비자들에게 대부분 보상을 해준 상태였다. 이제 기다리기만 하면 됐다. 그때, 우범에게서 메시지가 왔다.

[분트에서 보상 다 했다고 연락 왔다. 지금 곧바로 다음 영상 올라갈 거다.]

한겸은 씨익 웃으며 팀원들을 불러 모았다.

"보상 끝나서 다음 광고 나온대."

"이야, 엄청 빠르네. 너희 아버지 정말 짱 아니냐?"

"맞아. 처음에는 조금씩 보상해서 의아했는데, 그동안 사람들한테 입소문 퍼져서 기대감 엄청 올라갔잖아. 그 덕분에 더 잘된 거 같아."

"이번 일로 한겸이가 누구 닮았는지 제대로 알았어."

팀원들은 무척이나 밝은 얼굴로 대화를 나누며 광고가 올라오길 기다렸다. 잠시 뒤 영상이 올라왔고, 한겸은 곧바로 광고를 재생시켰다. 시작 장면은 앞 광고와 마찬가지로 하늘에 별이 모여 분마 글자를 새기는 것으로 시작되었다.

─내 너희들의 행태가 괘씸했지만, 정성을 보인바! 너희들이 소중하게 여긴 것을 돌려주도록 하마. 단, 명일 자시에 돌려주겠다. 그동안 반성하고 또 반성해 다시는 이런 일이 생기지 않도록 하라. 그렇지 않으면 내 얼굴을 다시 봐야 할 것이다!

"푸하하, 박재진 아저씨 연기 진짜 잘하네. 형 이거 찍을 때 봤다고 했죠?"

"응, 나랑 수정이랑 깜짝 놀랐어. 정말 대발견이야."

"촬영 시작하면 얼굴 변하더라. 이렇게 연기를 잘하는데 그동안 왜 가수만 했을까?"

세 사람의 대화에 한겸은 피식 웃었다. 하지만 그렇게 마음에 드는 영상은 아니었다. 첫 번째 광고와 다르게 두 번째에는 색이 보이지 않았다. 박재진만큼은 같은 포즈를 취해서인지 색이 보였는데, 첫 번째 카피를 그대로 사용할 수 없었던 탓에 화면 전체에 색이 보이진 않았다. 아쉽지만 시나리오를 짜는 데도 시간이 모자랐다. 무엇보다 제대로 효과를 보기 위해서는 앞 광고와 기간이 떨어지면 안 됐다. 속도가 중요했기에 노랗게 보이는 박재진으로 만족해야 했다.

한겸은 아쉬움을 뒤로하고 미소를 지으며 입을 열었다.

"그럼 내일부터 다시 우리 광고 나오겠다."

"그러게. 넌 진짜 꼼수 대마왕인 거 같아. 원래 우리 광고 안 봤던 사람도 궁금해서 보겠다."

"하하, 그러려고 내일 돌려준다는 거잖아."

"그러니까! '뭔데, 뭔데?' 막 그럴 거 아니야, 크크."

시나리오 회의를 하던 중, 바로 광고를 돌려받는 것보다 좀 더 기대감을 올린 뒤 돌려주는 것으로 방향을 잡았다. 관심이 많아질수록 광고를 만든 C AD나 광고주인 분트 모두 이득을 볼 수 있게 될 것이었다. 그때, 다시 우범에게서 메시지가 도착했다.

[파이온 실시간검색어 확인.]

한겸은 문자를 보며 고개를 갸웃거렸다. 그것도 잠시, 한겸은 우범이 무엇을 말하려는지 알 것 같았다. 한겸은 서둘러 통합 검색 사이트인 파이온에 접속했다.

1. 분마
2. 명일 자시
3. 분마 유상준
4. 분트 원래 광고
5. 박재진

검색어 대부분이 분마에 대한 검색어였다. 광고에서 분마가 말했던 시간을 찾는 검색어도 있었고, 분마의 정체로 유력하게 지목되는 배우 유상준도 검색어에 올랐다. 유상준이 사극에서 엄청난 연기력을 보여준 탓에, 사람들은 분마의 연기와 유상준을 비교하고 유상준이 분마가 아닐까 추측하고 있었다.

가장 신경 쓰이는 부분은 박재진이었다. 한겸은 서둘러 목록에 보이는 박재진을 눌렀다. 그러자 검색 결과로 몇몇 기사들과 커뮤니티에 올라온 글이 나왔다. 제목만 봐도 어떻게 된 건지 알 수 있었다. 분트의 기존 광고 모델이 박재진이다 보니 분마 덕분에 가장 큰 혜택을 받았다는 내용이 올라와 있었다. 한겸은 사람들이 분마의 정체를 알면 또 어떤 반응을 보일지 생각하며 피식 웃었다.

"겸쓰, 왜 혼자 웃어?"

범찬의 질문에 한겸은 씨익 웃으며 팀원들 가운데에 휴대폰을 내려놓았다. 그러자 팀원들이 한겸의 휴대폰을 보기 위해 머리를 들이밀었다.

"어? 대박! 분마가 검색어 1등이야."

"정말이네……."

"광고로 실시간검색어 1위에 오르니까 너무 이상하다. 왕배추도 8위가 최고였는데."

다들 얼떨떨한 표정으로 한겸의 휴대폰을 바라보았다. 한겸은 그런 팀원들을 보며 활짝 웃었다.

"그만큼 우리 광고 기다렸다는 거 아닐까?"

"우리 광고를 기다렸다… 신기하다. 반응을 보면 진짜 기다린 거 같고. 대박이네. 그럼 이제 우리가 기획한 대로 찍을 수 있는 거지?"

"응, 지금 광고로 9월 말까지 내보내고 11월 초부터 겨울 광고로 내보내려면 서둘러야 할 거 같아."

"진짜 다행이네. 내 '여름 하면 발라드'가 살아나서."

한겸은 고개를 끄덕거렸다. 범찬 덕분에 카피가 만들어졌고, 그 카피가 이어져 지금까지 오게 되었다. 다음 일을 범찬에게 맡겨도 괜찮을 것 같아 보였다.

* * *

다음 날. 박재진이 나오는 분트의 광고가 다시 제자리를 찾았다. 처음에 나왔을 때보다 사람들의 반응이 훨씬 친근했다.

"크크크, 진짜 웃기네. 댓글 보면 박재진 납치됐다 오더니 얼굴이 핼쑥해진 거 같대."
"웃긴 거 많더라고. 난 '인질 하면 박재진이지'가 가장 웃기던데. 분마가 박재진인 거 알면 충격받을 거 같아."
"그래도 분마 광고가 짧게 나와서 광고 자체를 모르는 사람도 많아. 조금 아쉽긴 하네."

팀원들은 각자 자리에서 포스터 작업을 하며 대화를 나눴다. 그 모습을 보던 한겸은 팀원들이 분마 광고를 좋아해 주는 것보다 일을 하며 대화를 나누는 모습이 더 신기했다. 입을 쉴 새 없이 떠드는 와중에도 손 역시 멈추지 않고 있었다. 한겸이 그 모습을 보고 있을 때, 동아리실 문이 열렸다.

"대표님, 오셨어요."
"어, 그래. 다들 모여봐. 내가 좀 바빠서 할 말만 하고 가야겠다."

우범이 C AD 내에서 가장 바쁘다는 걸 알기에, 팀원들은 하던 일을 멈추고 빠르게 모였다. 그러자 우범이 자료까지 준비해 왔는지 종이를 각자 한 장씩 나눠 준 뒤 입을 열었다.

"첫 번째, 촬영 날짜 잡혔다. 세트장 공사 오늘 들어갔다. 박재진 씨하고 스케줄 맞췄고. 나흘 뒤, 월요일 촬영이다."

"오! 엄청 빠르네요!"

"그래. 겨울 광고 나가기 전에 저번에 기획한 대로 분마 광고까지 촬영하려면 서둘러서 해야 하는 게 맞다. 일단 내가 말하고 질문하도록."

우범의 말에 모두가 입을 다물었다.

"분트에서 분마 광고를 너무 마음에 들어 해서 다음 촬영은 조금 더 신경 써야 할 것 같다. 그래서 제작비가 더 늘 것 같고. Do It에서도 외부 작업 가능할 수 있게 준비해 둔 상태다."

그 뒤로도 촬영에 대한 얘기를 하던 우범이 이번에는 다른 얘기를 뱉었다.

"우리 한국 광고 대상에 참가 신청 넣을 예정이다. 새로 뽑은 직원이 꼭 해야 한다고 하더군. 그래서 영상광고로는 분트, 박순정 김치 광고 등록할 예정이고, 동영상으로는 백승기 군을 등록할 생각이다. 그리고 인쇄광고 부분에는 한겸이가 만든 항아리 포스터와 종훈이가 만든 장애인복지협회 포스터가 등록될 예정이다."

"등록비 비싸지 않아요?"

"타이틀 따는데 당연히 해야지. 분트 광고가 겨울로 잡혀 있으니까 TV 광고는 내년에 등록하는 걸로 하자."

우범은 상을 받을 게 확실하다는 듯 말했다. 우범은 지금까지 그가 했던 말을 모두 지켰기에 팀원들은 벌써부터 기대하는 눈치였다. 한겸 역시 다른 건 몰라도 박순정 김치 광고만큼은 작은 상이라도 타지 않을까 기대됐다.

그 뒤로도 우범은 사무실에서 진행하고 있는 일들에 대해 설명했다. 한참이 지나서야 설명이 끝났고, 우범은 들고 온 가방에서 또 다른 서류를 꺼냈다. 그 모습을 보던 한겸이 미안한 표정으로 입을 열었다.

"다음부터는 바쁘실 텐데 전화로 해주셔도 돼요."

"오늘은 너희를 직원으로 찾아온 것도 있지만, 경영인이 오너에게 보고를 하러 온 것도 있다. 늘 있어야 하는 일이니 부담 갖지 말고 자연스레 받아들여라. 다음 건은 직원 문제다. 경영 팀 직원은 총 일곱 명이다. 당분간은 충원할 계획이 없다. 대신 너희들이 문제다."

우범이 테이블 위에 서류를 올려두었다.

"그게 3일 동안 우리에게 들어온 광고다. 입찰도 아니고 경쟁도 아닌, 우리에게만 의뢰를 한 것들이다."

팀원들은 모두 서류를 펼쳤다. 그러자 종이 가득 채워진 회사명이 보였다. 팀원들이 그 회사명을 보는 동안 우범의 말이 이어졌다.

"우리가 분트의 광고를 맡았다고는 하나, 지금 가장 만족도가 높은 건 포스터다. 그래서 난 포스터를 이어나가야 한다고 생각한다. 그런데 너희들이 지금 상당히 바쁜 상태다. 분트 광고도 참여하고 포스터까지 제작하는 건 무리라고 본다."

"그럼 포스터를 전문으로 제작하는 직원을 뽑으시려고요?"

"그래. 이 부분만큼은 내가 마음대로 선택할 수가 없어서 너희들 의견이 필요했다."

한겸도 그 부분이 필요하다고 생각했다. 아무리 실력이 늘었다고 하더라도 포스터 제작까지 병행하기엔 무리가 있었다. 우범이 말한 김에 정하는 것이 나을 것 같았다.

"직원을 채용해야 하는데 너희들이 커트라인을 정해주면 내가 면접을 보고 채용하마."

"실력을 봐야 하니까요. 잠시만요."

한겸은 잠시 생각하고선 입을 열었다.

"실력 위주로 뽑기로 해요. 자신이 만든 포스터가 최소 10장 이상이 담긴 포트폴리오로 제출하는 게 좋을 거 같아요. 기간은 일주일 정도 주고 심사는 저희가 할게요."

"실력만 보고 뽑으면 문제가 많다. 그럼 너희들에게서 통과된 사람에 한해 내가 면접을 보도록 하는 게 좋을 것 같다."

"그래도 되고요. 저희가 장애인복지협회 포스터도 제작했으니

까 장애인 제한은 두지 않았으면 좋겠어요. 아니, 참가하는 데
아예 제한 자체가 없었으면 좋겠어요."

"그럼 너무 많이 참가할 거다. 지금 C AD는 비상식 수준으로
성장하고 있다는 걸 알아두고 해라."

"많이 참가해도 괜찮을 거 같아요."

지금만 해도 상당히 바빴기에 힘들 거라는 건 알고 있었다.
그래도 한겸은 자신의 눈을 믿었다. 한겸이 확신에 찬 표정을 하
자 우범은 알았다는 듯 고개를 끄덕거렸다.

"그럼 그건 그렇게 진행하지. 최대한 빨리 준비하겠다. 그동안
은 의뢰를 받지 않는 게 좋을 것 같다."

"그래도 돼요?"

"그래야 한다. 분트 일로도 충분히 바쁘다. 의뢰는 포스터 제
작 팀이 꾸려지는 대로 받도록 하자. 너희가 제대로 일한 덕분에
의뢰를 미뤄도 전혀 지장 없다."

우범의 칭찬에 팀원들은 미소를 지었다. 그 모습을 보던 우범
도 가볍게 웃고선 말을 이었다.

"그리고 분위기가 심상치 않은 이유도 있다."

"무슨 분위기요?"

"분트 대표님 분위기."

"아버지요?"

"그래, 나한테 계속 뭔가 자랑하고 싶어 하는 눈치였어. 한겸이 너 때문은 아닐 거다. 그렇다면 그냥 대놓고 자랑할 사람이거든. 분명 무언가 준비하고 있는 게 있다. 물론 남에게 피해되는 일을 안 하는 사람이니까 우리에겐 득이 될 일이겠지."

"물어보면… 아, 말씀 안 하시겠죠?"

"당연하지. 그런 거에서 희열을 느끼니까."

한겸은 고개를 갸웃거리며 아버지를 떠올렸다. 서로 바쁘긴 해도 같이 살다 보니 얼굴을 보는 건 당연했다. 그런 아버지가 요즘 기분이 좋은지 계속 웃고 계셨다. 회사 일이 잘 풀려서라고 생각했는데 우범의 말을 들어보니 다른 이유가 있는 듯했다.

"아무튼 오늘 할 말은 끝이다. 난 파이온 TV와 미팅이 잡혀서 간다."

"파이온이요?"

"예전에 보냈던 걸 기억했는지 파트너사 서류 통과됐다고 하더군. 돈이 되겠다 싶으니까 뒤늦게 통과시킨 거겠지. 그래도 필요하니 꼭 해야 한다. 아무튼 수고해라."

우범은 서둘러 동아리실을 나갔다. 한겸은 파이온 TV와 파트너를 맺는 기쁨보다 아버지가 뭘 할지가 궁금했다. 그 때문에 한겸은 혼자 생각에 잠겼고, 남아 있던 팀원들은 무언가를 말하고 싶어서 입을 우물거렸다. 그러던 중 종훈이 한겸에게 방해되지 않게 조용히 말했다.

"우리 파이온 TV랑 파트너도 맺고. 진짜 성장했구나."

"그러게. 신기하다. 우리 아빠한테 말하면 엄청 놀라겠어요. 저번에 우리 유에이블하고 파트너 맺었다고 했을 때도 엄청 놀랐는데."

그 말을 들은 범찬도 실실 웃으며 대화에 끼어들었다.

"흐흐흐, 이제 그럼 부하 직원 생기는 거죠?"

두 사람은 이상한 데서 좋아하는 범찬을 보며 피식 웃었다.

"부하 직원 아니지. 우리 통일인 거 몰라? 최 프로?"
"어……? 아 그러네. 아, 좋다 말았네."

정말 실망한 것 같은 범찬의 모습에 팀원들이 피식거리며 웃을 때, 한겸이 고개를 번쩍 들었다. 그러고는 넋이 나간 표정으로 팀원들을 쳐다보며 중얼거렸다.

"분트에게도 도움이 되면서 우리에게도 도움이 되는 거… 맞네……."
"아오, 겸쓰, 난 네가 그럴 때마다 무서워. 사람이 사람 보고 말을 해야지, 왜 중얼거려. 귀신 들렸어?"

한겸은 숨을 크게 뱉은 뒤 팀원들에게 설명했고, 그 얘기를 들은 팀원들도 한겸과 같은 표정으로 변했다.

＊　　　　＊　　　　＊

대표실에 자리한 경섭은 서류를 보며 웃고 있었다. C AD에서 기획한 광고 하나로 문제가 완전히 해결되었다. 그것으로도 부족해 고객만족도가 전보다 훨씬 상승했다. 덩달아 이미지까지 엄청 올라간 상태였다.

분트의 전 세계 매장 중 매출이 가장 높은 곳이 한국의 목동점이다 보니, 미국 본사에서도 이를 관심 있게 지켜봤다. 그 덕분에 자신의 능력까지 검증되었다. 물론 C AD에서 기획한 것이기는 했다. 하지만 그것을 알아보고 사용하기로 결정한 건 자신과 직원들이었다. 덕분에 말도 안 될 정도로 빠른 기간에 위기를 아주 간단하게 해결한 경영인이 된 상태였다. 미국 본사에서는 무척 놀라며 해결 방법에 대해 물어왔다.

경섭은 경영 부서와 마케팅 팀 직원들과 함께 광고가 나오기 전과 나온 후를 비교한 자료들을 미국 본사에 보냈다. 본사에서 한국의 마케팅을 사용할 확률이 생각보다 높다고 판단했다.

분트는 전 세계에 약 750개의 매장을 보유하고 있지만, 인지도는 한국, 대만을 제외하고 그다지 높은 편은 아니었다. 특히 유럽에서는 창고형 마트들이 하락세였기에 매장을 철수하기까지 해 남아 있는 매장도 한두 개에 불과했다. 그럼에도 다행히 고객만족도는 높았다. 서비스가 만족도로 직결되기에 만족도마저 낮았다면 분마를 사용한다고 하더라도 성공할 확률이 낮았다.

"미국은 지역별 차이 때문에 제외하고, 그럼 가장 잘될 거 같은 곳은 대만하고 유럽 쪽이네. 특히 유럽."

경섭은 피식 웃었다. 프랑스와 스페인은 매장 철수로 인해 하나의 매장만 남아 있는 상태였다. 만약 C AD의 광고로 인해 다시 살아난다면 그로 인해서 얻는 게 엄청났다. 유럽은 소비 패턴이 조금씩, 자주 구매를 하는 형태로 바뀌고 있다 보니, 대형마트보다는 마트와 슈퍼마켓의 중간 정도 되는 소매점이 인기를 끌고 있었다. 그러다 보니 모든 창고형 마트들이 하향세를 걷고 있었다. 그런 곳에서 분트만 살아난다면 전 세계가 분트를 주목할 것이었다. 경섭은 그 역할을 C AD의 광고가 할 거라고 믿고 있었다.

아직 본사에서 대답이 오진 않았지만 연락이 올 확률이 높다고 생각했다. 경섭은 한겸에게도 약간의 언질은 해주어야겠다고 생각하고 휴대폰을 꺼냈다. 그런데 갑자기 한겸에게 전화가 왔다.

"텔레파시?"

─전화하려고 그러셨어요?

"그랬지. 바쁘냐?"

─괜찮아요.

"그래, 그런데 아들, 혹시 프랑스 위인 좀 알아? 대만 위인이나 캐나다 위인."

경섭은 실실 웃으며 한겸의 말을 기다렸다. 그런데 전혀 생각
지도 못한 대답이 들려왔다.

─맞나 보네. 안 그래도 그거 때문에 전화드린 거였어요.
"어? 무슨 말이야?"
─아버지, 혹시 저희 분마 광고를 분트 본사에 제안하셨어요?
"……."
─아니에요? 대표… 우범 삼촌이 아버지가 무슨 할 말 있으신
거 같다고 그러시더라고요. 그래서 생각해 보니까, 지금 시점에
서 분트하고 저희하고 다 잘되는 건 그거밖에 없는 거 같아서요.
"끊는다."

다짜고짜 전화를 끊어버린 경섭은 헛웃음을 뱉었다. 직접 보
고서까지 작성해 가며 깜짝 선물을 준비했는데 이미 알고 있는
모습에 김이 새버렸다.

"아, 이 자식이. 생각해 보니까 괘씸하네. 모른 척해도 되잖아.
아, 좀 더 치밀해야 해. 아직 아들한테 밀린 순 없지."

경섭은 주먹까지 불끈 쥐며 의지를 다잡았다.

*   *   *

분트 미국 본사에서는 한창 회의가 열리는 중이었다. 상당히

많은 임직원이 모여 각자 자신들의 의견을 내놓고 있었다. 반대도 있었지만, 찬성이 생각보다 많았다.

"우리 분트는 광고를 하지 않고 그 비용만큼 소비자에게 돌려주는 것이 전통입니다. 그런데 갑자기 마케팅을 하자는 건 아닌 거 같군요."

"그건 어디까지나 미국에 한해서지요. 아시아나 유럽에서는 고전 중입니다. 그 나라에선 마케팅을 한 덕분에 그나마 유지할 수 있었죠. 그중, 특히 한국을 보시죠."

"한국은 원래 매출이 높았습니다."

"인지도는 다르죠. 포우란과 한국 회사 두립이 합작한 캐리올이 몇 년 전부터 인지도만큼은 1위였습니다. 이건 곧바로 매출과 연결이 되겠죠. 하지만 미스터 김이 대표에 취임하고 처음으로 내놓은 마케팅으로 인해 인지도가 급상승했고, 지금 회의 안건인 광고 덕에 앞으로 몇 년간은 분트가 1위 자리를 지키리라 예상됩니다."

그 말을 들은 다른 임원도 자신의 의견을 내놓았다.

"시대에 맞게 운영도 바뀌어야지요. 우리 미국에서는 몰라도 해외에서는 필요하다고 생각합니다."

"저도 동의합니다. 해외에서 인지도와 판매량이 올라가면 우리 분트에 물건을 넣으려는 기업들이 더 많아질 테고, 그만큼 우리는 가격 책정에서 우위에 설 수 있습니다. 그렇게 된다면 결국 소비자에게 혜택이 돌아가는 것 아니겠습니까?"

시간이 지날수록 찬성하는 사람들의 목소리가 커져갔다. 눈에 보이는 자료가 있다 보니 당연한 결과였다. 회의를 듣던 창업자 겸 최고경영자 벤 카슨이 웃으며 입을 열었다.

"전 재미있을 것 같군요. 아무리 서비스에 신경을 쓰더라도 소비자 입장에서는 불만이 생기게 마련이죠. 그걸 이렇게 해결한다면 소비자도 재미있게 받아들일 것 같은데 아닌가요? 특히 전 세계적으로 히어로 영화가 유행하는 지금이라면 더더욱 그럴 것 같군요."

"대표님, 그럼 우리 분트가 악당이 될 수가 있습니다."

"소비자들이 바보는 아닙니다. 한국에서 온 자료만 봐도, 광고라고 명시해 놨는데도 사람들이 좋아해 주고 있지 않습니까. 지치고 힘든 삶에 자신의 편이 되어주는 영웅. 좋군요."

창업자의 입에서도 찬성 의견이 나오자 반대 의견을 내놓던 사람들도 더 이상 반대를 할 수가 없었다. 그러자 의견을 들고 온 임원이 미소를 지으며 말했다.

"그럼 한국에 가는 것으로 하겠습니다."

*　　　　*　　　　*

며칠 뒤. 분트의 겨울 광고를 촬영하는 날이었기에, 한겸은 촬영 장소인 세로수길에 자리했다. 장소 섭외 및 전반적인 준비는 Do It 프로덕션에서 맡았고, 한겸도 주말에 직접 확인까지 했다. 생각했던 것과 상당히 어울리는 분위기였다.

다만 촬영 장소가 거리이다 보니 사람이 없는 시간대를 골라야 했다. 그리고 아직 날씨가 더워 겨울 분위기를 살리기 위해 이른 아침에 촬영을 잡았다. 그 때문에 새벽부터 촬영 준비를 했고, 이제야 준비를 마친 방 PD가 피식 웃으며 말했다.

"확실히 돈이 좋긴 좋아. 그렇지?"
"그러게요."

방 PD의 말처럼, 전과는 비교할 수 없을 정도로 규모가 커졌다. 앞에서 대사를 하는 단역배우 말고도 지나가는 행인들까지 총 15명을 섭외했고, 방 PD가 꾸려 온 스태프만 해도 전보다 세 배는 되었다. 촬영 환경부터 모든 것이 전보다 훨씬 나아졌다. 다만 이른 아침임에도 아직까지 더운 날씨 때문에 배우들이 힘들어했다.

코트를 입고 있는 박재진은 그나마 괜찮아 보였다. 촬영에 대한 열정 때문인지, 아니면 두루마기로 단련이 되어서인지 몰라도 여기저기 계속 돌아다니고 있었다. 박재진은 긴 패딩을 입어서 힘들어하는 보조출연자들에게 얼음 팩을 가져다주기도 하고 저번 광고에 출연했던 두 배우와 대사를 맞춰보기도 했다. 그때 마침, 준비가 끝났다는 스태프의 말이 들렸다. 그러자 방 PD가

서둘러 보조출연자들에게 말했다.

"패딩 계속 입고 있으면 쓰러지니까 자기 촬영 끝나면 바로 벗으시고! 그럼 촬영 들어갑니다. 중권아! 배우분들 리허설 했던 자리에 세워 드려."

그리고 곧바로 촬영이 시작되었다. 두 배우의 대사는 더빙이 아닌 동시녹음이었기에 스태프가 마이크를 들고 따라붙었다.

"너무 춥다. 이번 겨울은 왜 이렇게 추워."
"자기도 저기 저 사람처럼 패딩 입지 그래?"
"너무 길어서 그런지 난 좀 불편하더라고."
"추위도 많이 타면서. 장갑도 손 불편하다고 싫다고 하고."

전과 비교할 수 없을 정도로 대사가 늘어났다. 그럼에도 생각보다 자연스러웠다. 다만 아무런 색이 보이지 않을 뿐이었다. 한 겹이 두 사람의 모습을 보고 있을 때, 다시 촬영이 이어졌다.

"으, 추워. 어?"

남자의 대사가 끝났을 때 박재진이 등장했다. 그러고는 자신이 하고 있던 머플러를 풀어 남자의 목에 걸어주었다. 그러고는 화면을 보더니 씨익 웃으며 대사를 뱉었다.

"겨울 하면 머플러지이이."

그 모습을 보던 한겸은 피식 웃었다. 이제는 정말 연기를 해도 되지 않을까 하는 생각이 들 정도로 자연스러웠다. 게다가 저 미소를 짓고 있음에도 노란색으로 보였다. 그때, 방 PD가 웃으며 입을 열었다.

"잘한다. 진짜 잘해. 하하."
"그러게요."
"이거 그대로 써도 되겠네. 슬슬 사람들 모이는데 잘됐네. 다른 컷 몇 번만 더 촬영해 보고 끝내자. 괜찮지?"

한겸도 고개를 끄덕거렸다. 다른 배우들이 있다 보니 광고 전체에 색이 보이진 않을 터라 박재진이라도 노랗게 보인 것으로 만족했다. 처음부터 그럴 생각이었기에 한겸은 만족하며 웃었다. 그 뒤로도 몇 번이나 촬영이 계속되었다. 한겸이 촬영하는 모습을 볼 때, 이른 아침임에도 불구하고 휴대폰이 울렸다.

"네, 대표님."
―아직 촬영 중이지?
"네, 이제 거의 다 끝나가요. 벌써 일어나셨어요?"
―대표님 전화 때문에 자다가 깼다.
"아버지요? 아버지가 아침에 무슨 일로요?"
―네가 말했던 게 맞았다. 미팅할 수 있냐고 묻더라.

"이 아침에요?"

―그만큼 연락을 기다렸겠지. 수요일에 촬영 끝나니까 그다음 날인 목요일로 미팅을 잡았다.

한겸은 고개를 끄덕이다 말고 얼굴을 찡그렸다. 목요일이라면 우범이 포스터 제작 팀을 구성한다며 직원 채용 공고를 하는 날이었다. 신경이 쓰이긴 했지만, 직원 채용 때문에 좋은 기회를 놓칠 수 없었기에 한겸은 수긍할 수밖에 없었다.

―내가 설명을 하겠지만, 부족한 부분은 네가 설명을 하는 게 좋을 것 같아서 얘기한 거다.

"네, 알겠어요. 저도 준비할게요."

―방 PD님한테는 내가 말하마.

"아니에요. 제가 말할게요. 그게 좋겠어요."

―그래, 알았다. 학교로 갈 테니 이따 보자.

한겸이 통화를 마치자 옆에 있던 방 PD가 입을 열었다.

"한 번 더?"

"아니요. 충분해요."

그 말을 끝으로 스태프들이 서둘러 정리하기 시작했다. 한겸은 방 PD를 쳐다봤다.

"방 PD님."

"응?"

"잠시 얘기 좀 나눌 수 있을까요?"

"왜? 촬영에 무슨 문제 있어? 괜찮았던 거 같은데."

"그게 아니라 분마 광고 때문에 그래요."

"그래?"

방 PD는 잠시 주변을 살피더니 조용하게 말했다.

"박재진 씨도 불러?"

"아니요. 일단 박재진 씨는 나중에요."

그때, 마침 박재진이 돌아가기 전에 인사를 하려고 다가왔다.

"하하, 김 프로! 내 연기 어땠어요?"

"점점 잘하세요."

"역시 연기를 해야 하나. 하하, 방 PD님하고 김 프로, 아침인데 식사하셔야죠."

"아, 제가 좀 바빠서 수요일에 촬영 끝나고 먹어요."

"그럴까요? 우리 용진 씨가 저기 국밥집 맛있다고 해서 식사나 하려고 했더니, 어쩔 수 없죠. 그럼 수요일날 봐요."

박재진은 매니저 용진과 함께 차로 향했고, 한겸은 그 모습을 물끄러미 봤다. 그리고 방 PD는 무슨 얘기를 하려고 박재진까지 보내는가 싶어 한겸을 의아한 표정으로 쳐다봤다.

"그럼 내 차에서 얘기할까?"
"네, 그게 좋겠어요."

차에 올라탄 방 PD는 한겸의 말을 기다렸다. 그러자 한겸이 상당히 조심스러운 말투로 입을 열었다.

"방 PD님, 혹시 해외 촬영 하게 되면 갈 수 있으신가요?"
"해외 촬영? 왜, 시나리오가 바뀌었어? 통관 필요한 나라로 가면 당장은 안 되는데. 아무리 빨리 준비해도 스태프 애들 준비까지 하고 섭외까지 하려면 한 달은 있어야지."
"시나리오가 바뀐 건 아니고요. 아까 말한 분마 때문에요. 아직 확실하진 않지만 분트 외국 지점의 광고를 촬영할 수도 있어요."

한겸은 며칠 전 아버지와 통화를 한 뒤 우범을 포함한 팀원들과 그 일에 대해 상의를 했다. 그리고 광고 기획만 넘길 수도 있겠지만, 직접 제작을 하는 쪽으로 방향을 잡았다. 그러기 위해서는 어느 정도 팀이 짜여 있다는 걸 보여줘야 했다. 그중 가장 중요한 사람이 방 PD였다. 방 PD는 멍한 표정으로 한겸을 쳐다봤다.

"한국 분트가 아니고?"
"네, 아직 어떤 나라인지 정해지진 않았어요. 그래도 우리가 할 확률이 상당히 높다고 생각해요."

"허… 참…….."

"제가 생각하는 걸 가장 잘 담아주시는 분이 방 PD님이라서 함께했으면 해요. 미팅에서 촬영은 우리가 맡겠다고 하는 게 나을 거 같아서요."

한겸이 며칠간 생각한 부분이었다. 다른 촬영 팀과 함께한다면 색을 찾는 과정에서 어떤 문제가 생길지 몰랐다. 색을 찾기 위해 아주 사소한 요구도 하게 될 수 있었다. 방 PD야 모든 걸 받아주지만, 만약 자존심 강한 촬영감독을 만난다면 자신의 생각대로 담을 수 없을 것이 확실했다. 그 때문에 여러 광고를 함께한 방 PD가 필요했다. 하지만 아무리 협업 업체라고 해도 분트 일을 맡게 되면 다른 일을 놓아야 하는 상황이기에 의견을 물어야 했다. 한겸은 여전히 멍한 표정인 방 PD의 대답을 기다렸다. 잠시 뒤 방 PD가 숨을 크게 뱉으며 말했다.

"너무 놀랍다. 휴, 네 덕분에 프로덕션도 잘 돌아가는데 더 잘 돌아가겠네. 그래도 당장 대답해 줄 수는 없어. 나야 하고 싶은데 우리 직원들 의견도 좀 물어봐야 할 거 같다. 애들 나 믿고 들어온 애들이라서. 내가 최대한 설득해 볼게."

"감사합니다."

"우리한테 일거리 주는 건데 감사는 무슨. 그런데 박재진한테는 왜 말 안 해? 모델 바꿀 생각이야?"

한겸도 그 부분이 가장 곤란했다. 팀원들도 그렇고, 한겸 스스로도 박재진을 계속 모델로 사용해 광고를 진행하고 싶었다. 하지만 C AD는 어디까지나 대행사였기에 광고주의 입장에 따라 모델은 변할 수 있었다. 아버지와 통화할 때 했던 말처럼 본사는 각 나라의 위인을 모티브 삼은 히어로를 원할 수도 있었고, 다른 히어로를 원할 수도 있었다.

C AD 팀원들은 박재진을 계속 모델로 쓰기 위해 알아보고 있었지만 그 부분만큼은 아직 확실치가 않았기에, 섣불리 말을 하기보단 확정이 된 뒤에 말하는 편이 나을 것 같았다.

질문을 했던 방 PD도 이해했는지 고개를 끄덕이며 말했다.

"하긴, 광고주가 원하는 대로 해야지. 난 박재진 열심히 해서 좋더라고."

"저도 좋아요."

"나이에 안 맞게 정말 열정적이야. 막 영어나 스페인어 시켜도 잘할 사람이니까 잘 좀 고려해 봐."

"네, 방 PD님도 직원분들 설득 잘 부탁드려요."

"알겠어. 휴, 아침부터 폭탄 맞은 기분이다."

며칠 전 한겸이 분트 외국 지점 광고를 하게 될지도 모르겠단 생각을 얘기했을 때 팀원들의 반응은 이보다 더 심했다. 이따 팀원들에게 정말로 미팅이 잡혔다는 사실을 말했을 때를 상상해 보니 웃음이 나왔다. 그때, 누군가가 창을 두드렸다. 창밖을 보니 모자에 마스크까지 쓰고 있는 사람이 보였다. 자세히 보니 박재진이었다.

"아직도 안 가셨어요?"

"재진 씨 그렇게 하고 다니니까 완전 다른 사람 같네. 젊어 보이는데요?"

"하하, 그런가요? 시간 되시면 저기서 식사하고 가세요. 정말 맛있던데."

박재진은 차에서 옷을 갈아입었는지 아까와는 다른 옷을 입고 있었다. 한겸은 방 PD와 대화하는 박재진을 물끄러미 쳐다봤다. 예전에 택배 기사로 변장을 했을 때나 지금이나, 옷 입는 것에 따라 사람이 달라 보였다. 물론 다른 사람들도 그렇겠지만, 박재진은 유독 입은 옷들이 잘 어울렸다. 그 모습을 보던 한겸은 갑자기 주머니에서 메모지를 꺼냈다.

＊　　　　＊　　　　＊

한겸에게 분트 본사와 미팅이 잡혔다는 말을 들은 C AD 팀원들은 한겸이 예상한 대로 격한 반응을 보였다. 한겸 역시 아직 얼떨떨했기에 팀원들이 진정되길 기다렸다. 한참이 지나서야 다들 조금씩 진정이 되는 듯했고, 수정이 질문을 했다.

"해외에서 촬영하는 거야?"

"그래야지. 빌딩에서처럼 지역 마트가 보이게."

"그럼 우리 전부 다 가는 거고? 해외까지?"

"그건 잘 모르겠어. 일단 시나리오부터 짜야지. 그리고 시나리오 완성되면 나 먼저 가서 촬영 장소를 확인해야 할 거 같아."

수정의 질문 덕분에 팀원들이 한겸에게 집중했다. 한겸은 미소를 짓고는 입을 열었다.

"일단 방 PD님은 프로덕션 분들하고 상의해서 알려주신다고 했고. 문제는 박재진 씨야."
"왜? 오늘 촬영에서 말했어?"
"아직 확정된 게 아니라서 말은 안 했어. 그래서 내가 박재진 씨를 계속 모델로 세울 방법을 가만히 생각해 봤어."

한겸은 주머니에서 접어놓은 메모지를 꺼냈다.

"박재진 씨가 외국어만 되면 생각보다 간단하더라고."
"느낌이 다르잖아."
"어떤 분장을 하더라도 얼굴이 보이는 건 아니잖아. 그런 이유도 있지만, 분마를 좀 더 극적으로 등장시킬 수 있을 거 같아."

한겸은 종이를 가져오더니 그 위에 적어가며 설명을 시작했다.

"분트라는 이름은 전 세계가 동일하잖아."
"그런데 마트는 다르잖아. 우리나라만 해도 가게란 뜻인데."
"그래서 우리가 가게라는 단어를 사용했어? 아니잖아. 다른 나라도 마찬가지야. 기본적인 영어는 괜찮아. 그래서 분마를 계속 사용할 생각이야. 그럼 각 나라에 맞는 분마가 필요하겠지? 그런데 생각해 보니까 그러면 몰입감이 깨질 수도 있고, 각 나라별로 비교가 될 수도 있을 것 같아. 그래서 원래 분마부터 등장시키는 거야."

"박재진 씨가 변신하는 거야?"

"응, 맞아. 그거야. 인트로는 똑같이 하늘에 각 나라의 언어로 분마를 새기는 거야."

"어차피 분트 마트 줄임말이라 뭘 해도 분마라서 상관은 없겠네."

"응, 그러고서 두루마기를 입은 박재진 씨가 나오는 거야. 그리고 한국말로 '저곳인가' 이런 대사를 하는 거지."

"연기하지 말라니까?"

한겸은 피식 웃고선 말을 이었다.

"아무튼 밑에는 자막이 들어가겠지? 그러고는 부채를 한 번접었다 펼치거나, 아니면 다른 아이디어도 괜찮아. 그렇게 해서 순식간에 변신하는 거지. 각 나라에서 사람들이 알 만한 복장으로. 우리나라는 두루마기를 사용했고, 만약 스페인이라면 전통의상 중에 투우사 복장도 있잖아. 투우사 복장에도 몬테라라는 모자도 있고."

"영국은 정장 아니면 근위병 옷 같은 거 입으면 되겠네. 프랑스는 나폴레옹 같은 옷 입으면 되겠고. 그러고 보니까 신기하게 죄다 모자가 있네?"

"맞아. 전부 모자가 있어. 그래서 얼굴을 다 가릴 거야. 얼굴을 가릴 만한 것도 다 있어. 투우사 천, 우산, 손수건 등 상징적인 걸로 우리나라 분마처럼 얼굴을 가릴 수 있어."

팀원들은 한겸의 설명을 들으며 상상하는지 말없이 고개만 끄덕거렸다. 한겸은 팀원들의 모습을 보며 미소를 짓고는 말을 이었다.

"동시다발적으로 광고를 내보내는 건 아니야. 틈이 분명히 있을 거야. 그러니 다음 나라를 찍을 때는 바로 전에 입었던 복장으로 등장해서, 새로 도착한 나라의 복장으로 변신하는 거야. 이렇게 하는 이유는 '분트는 하나고, 분마도 하나'라는 뜻. 전 세계 어디서든 똑같은 최고의 서비스."

"어우… 진짜 내가 지금까지 본 사람 중에 겸쓰 네가 갖다 붙이는 건 가장 잘하는 거 같아."

"하하, 갖다 붙인 거 아니고 아까 오는 내내 생각하면서 온 거야. 아무튼 다들 어때? 괜찮은 거 같아?"

그제야 종훈과 수정도 고개를 끄덕이며 입을 열었다.

"난 찬성! 정말 괜찮은데? 그렇게 되면 박재진 씨 모델로 써도 괜찮을 거 같아."

"나도 괜찮은 거 같아. 그런데 동양인이라고 싫어하지 않을까?"

그러자 범찬이 마구 웃으며 말했다.

"동양인인지 어떻게 알아. 그 대단한 인터넷 수사대도 눈깔밖에 안 보인다고 정체도 못 찾는데. 두루마기 때문에 동양인으로 보이지, 다른 거 입혀놓으면 절대 모르지."

"그럴 수도 있겠네. 사람들이 허공에 갓 쓴 것처럼 보인다고 그랬으니까. 음, 그럼 내가 각 나라마다 먹힐 만한 복장 알아볼게."

팀원들은 모두가 찬성했기에 이제 남은 사람은 우범이었다. 그때 마침 우범이 동아리실로 들어왔다. 한겸은 팀원들에게 했던 말 그대로 우범에게 했고, 우범은 고개를 끄덕거리며 입을 열었다.

"그럼 기획서를 제작해서 사무실로 보내라. 기획서대로 알아보는 건 내가 하마."

한겸은 씨익 웃으며 고개를 끄덕거렸다. 설명을 들은 우범은 부평으로 간다며 곧바로 가버렸다. 우범이 간 뒤 한겸은 다시 팀원들을 불러 모았다.

"이제 각 나라 분트에서 뭘 훔칠지 생각해 보자!"
"말 좀 똑바로 해. 도둑 같잖아."
"훔치는 거 맞잖아, 하하."
"광고를 안 하는 나라들이 문제네."
"각 나라 분트에서 소중한 게 뭐가 있을까?"

팀원들은 서로 의견을 내놓으면서 회의를 이어나갔다.

*　　　　*　　　　*

며칠 뒤. 분트와 미팅이 잡혀 있는 날임과 동시에 면접이 시작되는 날이었다. 면접자들이 보내온 서류는 동아리실에 남은 팀원들이 받기로 했고, 한겸은 우범과 함께 목동 분트에 자리했다.

한겸도 영어를 하긴 하지만 원어민 수준은 아니었기에, 우범이 설명을 하고 있었다. 한겸은 혹시라도 우범이 놓치는 설명이 있을까 봐 모든 신경을 곤두세워 가며 듣고 있었다. 앞에서 아버지가 자신을 보며 계속 눈썹을 들어 올리고 있었지만, 집중해서 크게 신경 쓰이지 않았다. 한겸의 신경은 온통 우범에게 가 있었다. 물론 부분 부분 못 알아듣는 말도 있었지만, 들은 내용을 종합해 보면 제대로 된 설명이었다.

특히 분마라는 단어는 쉴 새 없이 나왔다. 우범은 분마 광고를 만들게 된 이유를 설명하며 공모전에서 대상을 탔던 광고를 보여주기도 했고, 설명을 듣던 사람은 무척이나 재미있어 했다. 그 뒤로도 설명은 한참이나 이어졌다. 우범의 설명이 끝나자 분트 이사가 입을 열었다.

"C AD에 대한 건 미스터 김에게 들었던 것과 비슷하군요. 비상식적인 성장. 대단하군요. 페이스노트도 이렇게 빠르진 않았을 겁니다. 그러다 보니 기대가 되는군요."

"감사합니다."

"그런데 기획서를 보니까 궁금한 게 있습니다. 유럽에서 창고형 마트가 전부 하향세인데 유럽을 1순위로 둔 이유가 뭡니까?"

"하향세이기 때문이죠. 내버려 두면 마지막 남은 한 곳마저 철수해야 할 상황으로 알고 있습니다. 그런 곳을 지키기 위해서입니다. 그리고 실패한다고 해도 위험이 적은 반면, 성공했을 때의 이익은 상당하죠. 그래서 스페인을 1순위로 정했습니다."

분트 본사의 이사 로버트 오웬은 경섭을 바라봤다. 경섭이 설명한 내용과 비슷하면서도 달랐다. 그 이유 또한 알고 있었다. 우범이 경섭과 함께 일했던 능력 있는 동료라는 것과 한겸이 경섭의 가족이라는 것도 보고서에 전부 적혀 있었다. 가족이라는 점이 약간 거슬렸지만, 실력만 좋다면 문제는 없다고 판단했다.

"앞선 설명으로 보면 한국에서는 인기를 끌고 있던 광고를 빼앗은 뒤 요구를 들어달라고 했습니다. 그런데 스페인에서는 광고를 하고 있지 않습니다. 인지도도 낮은 상태죠. 아무것도 빼앗아 갈 게 없는데 광고를 한다고 해도 효과가 있을까요?"

오웬은 보고서를 보는 내내 궁금했던 것을 물었다. 그때, 설명을 하던 우범이 잠시 옆에 있는 한겸을 봤다. 그러고는 입을 열었다.

"C AD의 AE가 설명을 하면 제가 통역을 해도 되겠습니까?"

"그러세요."

우범이 고개를 끄덕이자 한겸이 말을 하기 시작했다. 그 말을 우범이 다시 오웬에게 전달했다.

"뺏을 건 있습니다. 어떻게 보면 한국의 광고보다 더 중요한 것일 수도 있습니다."

오웬은 의자를 앞으로 당겨 관심 있다는 것을 표현했다. 우범의 말이 이어졌다.

"다만 문제가 있습니다. 상징을 빼앗긴다면 광고가 유명세를 타기 전까지 약간의 매출이 떨어질 수가 있습니다."

"그러니까 그게 뭔가요."

"바로 분트 간판이죠. 전 세계가 똑같은 커다란 간판. 그걸 빼앗을 겁니다. 앞서 말했듯이 광고가 유명세를 타기 전까지는 결국 하나 남은 매장마저 철수한다는 소문이 돌 수 있습니다. 어느 정도의 매출 하락이 있을 수 있다는 거죠. 게다가 신규 회원 유입도 어려울 겁니다."

"간판……."

"맞습니다. 스페인은 TV 시청률도 상당히 저조합니다. 물론 축구 중계 시간은 다르지만, 그 시간대에 광고는 무척이나 비쌉니다. 우리 광고 특성상 효과도 적을 겁니다. 그래서 우리는 스페인에서 가장 많이 사용하는 메신저인 하우앱과 Y튜브로 공략할 겁니다. 물론 한국처럼 엄청난 속도로 광고가 퍼지진 않을 겁니다. 한국의 경우 IT 강국이기에 가능했던 속도입니다."

"전부 다 기획이 된 상태인가요?"

"현지에서 조율을 해야겠지만, 대부분 기획 단계를 벗어나 세부적인 계획을 세우는 중입니다."

오웬은 영어로 말하고 있는 우범이 아닌, 당연하다는 표정으로 한국말을 뱉고 있는 한겸을 봤다. 아무래도 통역으론 빠진 말이 있을 것 같았기에, 한겸의 입에서 어떤 말이 나오고 있는지 직접 들어보고 싶었다.

오웬은 한겸을 보며 계속해서 질문을 했고, 한겸은 잠시의 머뭇거림도 없이 곧바로 대답을 했다. 그렇게 한참이나 질문과 답변이 오갔다. 그러던 중 모델에 대한 얘기가 나왔다.

"모델은 분트에서 추천하는 모델이 아닌 저희가 모델을 추천하고 싶습니다. 바로 한국 광고의 주인공입니다."

"음?"

오웬은 그 부분만큼은 쉽게 받아들이지 못했다. 한국인 모델이라면 동양인일 것이었다. 아무리 인종차별을 하지 말자는 캠페인이 많다고 해도 인종차별은 엄연히 존재했다. 동양인을 싫어하는 사람도 있을 것이기에 꺼려졌다. 그때, 한겸이 주섬주섬 노트북을 테이블 위에 올려놨다. 분명 자신의 표정을 봤을 텐데도 자신 있는 얼굴이었다. 오웬은 탁자에 놓인 노트북을 봤다. 노트북에는 분마 광고에서 나왔던 장면이 떠 있었다. 그때, 한겸이 입을 열었다.

"어떤 인종으로 보이십니까?"

오웬은 고개를 갸웃거리며 모델을 쳐다봤다. 배경도 어두웠고, 갓 때문에 생긴 그늘로 인해 제대로 보이는 건 눈빛밖에 없었다. 한참을 보던 오웬은 입을 열었다.

"동양인입니다."
"그럼 이건 어떤 인종으로 보이십니까?"
"동양인입니다."

그때, 한겸이 노트북을 잠시 만진 뒤 다시 돌렸다. 그러고는 통역하라는 듯 우범을 보더니 입을 열었다.

"저희도 기획 단계에서 그 부분에 대해 부정적인 의견이 있었습니다. 그런데 아무리 봐도 구분이 안 되더라고요. 그래픽이기는 하지만, 지금도 보시다시피 둘 다 저희 모델이 아닌 전혀 다른 모델입니다. 관계자가 모델 정체를 유출하지 않는 이상 정확히 정체를 알 수 없습니다. 그리고 무엇보다 모델은 통일해야 합니다. 전 세계 분트의 서비스는 동일하죠?"
"그렇죠. 나라마다 분위기는 조금 다를 순 있지만 큰 틀은 같습니다."
"그리고 분트의 간판도 전 세계 동일이고요. 전 세계 어디를 가도 분트의 운영 방식은 동일하죠."

"그렇죠."

"그러니 모델도 하나입니다. 조금씩 다른 분위기를 보여줄 뿐 모델도 같죠. 차후에 모든 광고를 내보낸 뒤 정체가 공개됐을 때도 대비해야죠. 분트는 전 세계 어디서나 동일하게 최고의 서비스를 제공합니다."

오웬은 한겸의 말을 들으며 상상을 했다. 정말 그대로 될 것만 같았다. 저렇게 된다면 동양인임을 밝혀도 전혀 문제가 될 것 같지 않았다. 결국 오웬은 헛웃음을 뱉었다.

"마치 분트에서 광고를 맡길 줄 알고 준비를 한 것 같군요. 매우 인상적입니다. 당장 미국에 갈 필요도 없군요. 제가 제안서를 작성해 곧바로 보내겠습니다. 그 전에 모델을 직접 확인하고 싶은데 내일 같은 시간 괜찮으십니까?"

오웬은 굉장히 적극적으로 변했다. 한겸이 말했던 것들을 상상이 아닌 실제 눈으로 보고 싶었다.

제4장

면접

　미팅을 끝낸 뒤 서둘러 동아리실로 돌아온 한겸은 뜻밖의 소식에 어리둥절한 표정이었다. 한참이나 동아리실에 놓인 서류들을 보던 한겸은 믿지 못하겠다는 표정으로 범찬에게 물었다.

"이게 뭐야?"
"미치겠다! 포트폴리오 직접 가져왔어."
"왜?"
"나한테 물어보면 어떻게 알아. 메일로 온 건 더 많아. 우리 죽었어!"
"그러니까 채용 공고 오늘부터였는데?"
"나도 모르지."

테이블 위에는 포트폴리오가 산더미처럼 쌓여 있었다. 한겸은 당황한 표정으로 휴대폰을 꺼냈다. 그러고는 사무실에서 올린 채용 공고를 직접 확인했다.

"C AD 포스터 제작 팀, 그래픽 디자이너 모집한다는 거 맞고. 구구잡, 캐치잡에도 올라와 있고. 그리고 우리 홈페이지에도 올라와 있고. 이런데도 이렇게 많아? 직접 가져올 정도로?"

"너무 많지?"

"어. 생각한 것보다 더 많아."

한겸은 이 정도일 거라고 예상하지 못했다. 채용 공고에 업무 시간을 적어놓긴 했지만, 광고 회사에 대해 조금이라도 조사를 해봤다면 야근을 밥 먹듯이 한다는 걸 알고 있을 것이었다. 물론 포스터 제작만 하는 팀이었기에 야근을 할 가능성은 적었다. 그럼에도 지원자가 너무 많았다.

게다가 회사 소개만 봐도 사원 수가 총 15명에, 창립 기간이 아직 1년도 아닌 신생 회사였다. 이 정도 소규모 기업에서의 직원 채용에 이렇게나 관심을 보인다는 건 말도 안 됐다. 한겸도 당연히 그러리라 생각하고 10장 이상으로 구성된 포트폴리오를 서류로 보내라고 한 것이었다. 까다로운 조건임에도 굉장히 많은 사람들이 지원을 해왔다.

'고작 세 명 뽑는데 이렇게 많네. 우리 회사가 이 정도인가? 아무리 분트 광고를 했다고 해도 이 정도는 아닌데.'

한겹이 가득 쌓인 포트폴리오를 보며 무슨 일인가 생각할 때, 누군가가 노크를 했다. 한겹이 뒤를 돌아보자 학교 학생으로 보이는 사람이 서류철을 들고 서 있었다.

"안녕하세요. 시각디자인과 3학년 이용진입니다! 포트폴리오 준비해 왔습니다."

그러자 수정이 한숨을 뱉으며 서류를 받았다.

"메일로 보내달라고 했잖아요."
"인사드리고 싶어서 왔습니다. 잘 부탁드립니다!"

그 모습을 보던 한겹은 의아한 표정으로 범찬을 쳐다봤다. 그러자 범찬이 고개를 저으며 말했다.

"저거 왜 가져오는지는 모르겠는데 죄다 우리 학교 애들이야."
"우리 학교?"
"그래! 메일로도 보내고, 막 전교생이 보내는 거 같아!"
"그러니까 왜?"
"나도 모른다니까! 자꾸 물어볼래?"

한겹은 의아한 표정으로 테이블에 놓인 포트폴리오들을 펼쳤다. 그러자 범찬의 말대로 학교 학생들이 제출한 포트폴리오였다. 얼마 전 개강을 한 것은 알았지만, 많은 학생들이 C AD에 이렇게 관심을 보이는 것이 이상했다. 게다가 완성도도 굉장히 떨어졌다. 지금 보는 포트폴리오만 하더라도 10장 전부가 빨갛게 보였다.

"이건 애니메이션과. 컴디과, 패션디자인과도 있네. 어차피 제한은 없다고 했으니까 나이는 상관없는데 이 정도로 우리한테 관심이 많아?"

"몰라. 이거 보려면 오늘 밤새워야 해. 오늘부터 시작이니까 내일은 더 많겠지? 아주 10장씩 보내라고 할 때부터 내가 알아봤지."

한겸은 너무 많은 지원에 난감했다. 그때, 또다시 노크하는 소리가 들렸다. 그러고는 익숙한 얼굴인 센터장이 돌돌 말린 종이를 들고 들어왔다.

"수고가 많아요. 하하, 직원 채용은 잘되고요?"

아직 학교 동아리실을 사용하고 있었기에 회사의 모든 정보는 아니더라도 일부 정보가 센터장에게 들어가는 중이었다. 그렇다 보니 한겸도 센터장이 공고에 대해 알고 있는 것은 이상하지 않았다. 그때, 센터장이 들고 있던 종이를 펼치는 것이 보였다.

"우리 C AD에 도움이 되길 바라는 마음에서 준비했습니다,

하하."

"아……."

센터장이 내민 종이는 4절지 크기였다. 그곳에는 C AD의 소개와 함께 직원을 채용한다는 내용이 담겨 있었다.

"아시겠지만 직원 채용이 어렵죠. 이런 건 학교에서 도움을 줘야 하지 않겠습니까?"

한겸은 헛웃음을 뱉었다. 도움을 주려는 마음은 고마웠다. 하지만 생각했던 것보다 훨씬 많은 지원에 이걸 다 보려면 어떻게 해야 할지 난감했다. 그때, 센터장이 끝나지 않았다는 듯 입을 열었다.

"창업지원센터끼리 연계가 되어 있거든요. 정보를 주고받고 하는 거죠. 그래서 제가 다른 학교들에도 채용 공고를 올려달라 부탁했습니다, 하하."

센터장은 매우 뿌듯해하는 표정으로 돌아갔고, 남아 있던 팀원들은 자신도 모르게 한숨을 뱉었다.

"겸쓰, 우리 죽었다. 막 전교생이 오는 거 아니야?"

"그래도 좋은 사람 찾을 확률은 올라가겠네."

한겸은 헛웃음을 뱉고선 팀원들에게 말했다.

"일단 보고 있어. 나 라온에 얘기해야 해."
"얘기 잘됐어?"
"응, 내일 미팅하자고 했어."
"이야, 조금 빨리 알려줬어야 하는 거 아니야? 박재진 아저씨 스케줄 조정하고 해야 하잖아."
"아무리 가능성이 높다고 해도 확실하지가 않았잖아. 내일은 일단 미팅이니까 박재진 씨가 통과되면 촬영 전까지는 여유가 조금 있으니 그때 준비하면 돼."

그때 또다시 학교 학생이 포트폴리오를 들고 동아리실을 찾아 왔다. 그 모습을 보던 한겸은 헛웃음을 뱉고선 입을 열었다.

"나 잠깐 나가서 라온에 전화 좀 하고 올게. 나간 김에 김밥 사다 줘? 수정이랑 형도?"
"응, 부탁해. 두 줄씩."

휴대폰을 들고 밖으로 나온 한겸은 점심도 못 먹고 포트폴리오를 보고 있는 팀원들이 안쓰러워 김밥부터 사 올 생각으로 매점으로 향했다. 그러던 중 센터장이 보여주었던 안내문이 보였다. 창업지원센터가 학교 입구 쪽에 있기에 건물들을 지나쳐 가야 했는데, 지나가는 건물마다 대자보처럼 커다랗게 안내문이 붙어 있었다. 식당 앞에도 붙어 있었고, 안에는 물론이고 매점에까지 붙어 있었다. 학생들이 많이 이용하는 곳에는 전부 붙인 모양이었다. 다른 학교는 이 정도까진 아니겠지만, 앞으로도 계속 포트폴리오를 보내올 것 같았다.

한겸은 서둘러 김밥을 산 뒤 한적한 벤치에 앉았다. 우범이 라온에 연락을 한다고 했지만, 아직 정해지지 않은 시나리오 때문에 대사에 대한 말을 하려면 자신이 하는 편이 좋을 것 같았다. 한겸은 휴대폰을 꺼내 라온의 이종락에게 전화를 걸었다.

―김 프로님, 오랜만이에요.

"네, 안녕하세요. 지금 시간 되시나요?"

―네, 말씀하세요. 무슨 추가 촬영 하고 그래야 되나요?

"그건 아니고요. 저희가 본트 본사의 광고도 맡게 될 수가 있어서 연락을 드렸어요."

―네? 지금도 맡고 있잖아요.

"한국 분트가 아니라 미국 본사요. 맡게 될 확률이 높거든요. 오늘 미팅을 했는데 저희는 모델을 박재진 님으로 이어나가야 한다고 얘기했어요."

이종락의 대답이 들리지 않았다. 잠시 뒤 이종락은 자신이 제대로 들은 게 맞는지 확인하는 것처럼 물어왔다.

―미국이요……? 아메리카?

"미국은 정해진 게 없고요. 일단 유럽부터 시작이 될 거 같아요. 박재진 님이 하실까요? 박재진 님한테 먼저 물어보는 것보다 아무래도 회사에 먼저 말을 하는 게 맞는 거 같아서 연락드렸어요."

—아이고, 당연하죠! 분마 하면 박재진! 박재진 하면 분마지이이! 하하!

한겸은 피식 웃고선 입을 열었다.

"그래서 그런데, 박재진 님이 외국어 가능하신가요?"

—허… 가능하죠. 당연히 가능하죠. 못 하면 배워야죠! 그런데 광고주가 지정해 준 게 아니라 추천을 했다고요. 미국 본사 맞죠?

재차 확인하는 종락의 말에 한겸은 피식 웃으며 말을 이었다.

"네, 저희가 추천을 했어요. 그 분트 정식 광고가 아니고 분마예요. 지금처럼 얼굴은 드러나지 않고요. 하게 되면 지금처럼 비밀 유지 해주셔야 되고요."

—어, 그건 상관없어요. 우리 회사에도 아는 사람 몇 없어요. 재진이 형이 분마 얘기만 나와도 말을 돌리더라고요. 그래서 모르는 사람들은 인질 돼서 저런다고 생각하고 있어요.

한겸은 박재진의 모습을 생각하자 웃음이 나왔다.

"그럼 미팅은 내일이라서 준비하실 시간이 적을 거예요. 말 그대로 미팅이니까 부담 갖지는 마시고, 간단한 대사 준비해 주세요. 느낌은 한국 분마처럼 하시면 되고요. 대사는 아직 정해지지 않았지만 일단은 '그대들의 이름, 그대들의 상징', 이거 하고 '그때, 돌려주겠다' 이렇게만 해주시면 될 거 같아요."

─내일까지… 영어로요?

"영어도 준비하시고요. 스페인어하고 프랑스어도 준비해 주시는 게 좋아요. 가장 가능성이 높은 곳이 유럽권이거든요."

─네네, 잠시만요! 이 대리, 애들 그 언어 배우는 선생님들 중에서 스페인어하고 프랑스어 선생님 구해봐!

수화기를 막은 것 같은데 얼마나 크게 소리를 지르는지 다 들렸다. 한겸은 피식 웃으며 이종락의 말을 기다렸다. 그리고 잠시 뒤, 종락이 입을 열었다.

─네네! 저희가 준비 철저하게 하겠습니다.

"그냥 미팅이니까 너무 부담 갖지 않으셔도 돼요. 그럼 내일 미팅이 분트 목동점에서 11시거든요. 저는 못 가고 저희 대표님이 가시니까 크게 걱정하지 않으셔도 될 거예요."

─걱정 안 합니다! 김 프로님을 믿는데 걱정을 왜 합니까. 하하, 김 프로님 사랑합니다!

한겸은 하하 웃으며 통화를 마쳤다. 이제 오웬이 박재진을 잘 봐주는 것만 남아 있었다. 한겸은 마음속으로 박재진을 응원하며 자리에서 일어났다. 그리고 서둘러 동아리실로 향했다.

다음 날. 한겸은 포트폴리오 심사를 하면서도 계속해서 시계를 쳐다봤다. 벌써 1시가 지났는데도 우범에게서 연락이 없었다. 미팅이 11시였기에 벌써 두 시간이나 지났다 보니 무슨 문제가 있는 것은 아닐까 걱정되었다. 걱정 때문에 제대로 포트폴리오가 눈에 들어오지 않을 줄 알았으면 미팅에 참석하는 편이 나았겠다고 생각했다.

그때, 기다리던 우범에게서 메시지가 도착했다. 한겸은 급하게 메시지를 확인했다. 우범이 보낸 메시지는 단 두 글자뿐이었다.

[됐다.]

한겸이 궁금한 마음에 바로 전화를 걸려 할 때, 한꺼번에 많은 메시지가 도착했다. 메시지를 확인하던 한겸은 자신도 모르게 크게 웃었다.

"하하하, 진짜 대단하네."
"왜 그래? 깜짝 놀랐네."

한겸의 웃음소리에 팀원들의 시선이 쏠렸다. 한겸은 여전히 웃으며 휴대폰을 보여주었다. 휴대폰에는 사진이 하나 떠 있었고, 그 사진을 보던 팀원들이 입을 열었다.

"뭐야, 이게. 투우사 복장 하고 간 거야? 이렇게 입으라고 네가 말해준 거야?"

"아니야. 대사만 준비하라고 했는데 알아서 준비해 가신 거 같아."

"너무 치켜 입어서 거시기가… 어우, 내 눈. 그래도 대단하네."

"준비해 간 거 엄청 많아. 다음은 또 달라."

사진을 보던 수정이 감탄하면서 말했다.

"조사하고 갔나 보네. 내가 어떤 캐릭터 써야 할지 알아보던 중에 스페인 배경으로 한 영화 조로도 있더라고. 이건 그거랑 비슷해 보이네. 옷도 분마처럼 하얀 옷에 빨간 테두리면 직접 제작한 거 같아."

"그런가 보네."

"엄청 노력했네. 그런데 하루 만에 이렇게 준비하려면 돈 많이 썼겠네. 그래서 잘됐대?"

"응. 잘됐다네."

사진 속 박재진은 스페인 의상만이 아니라 프랑스 전통의상까지 입고 있었다. 시간이 없었을 텐데도 이렇게까지 열심히 하는 모습을 보니 추천을 한 스스로가 뿌듯했다. 그때, 우범에게서 연락이 왔다.

―사진 봤지?

"네! 오웬 씨가 좋아했어요?"

—그래. 좋아했다. 얘기하다 말고 갑자기 보여줄 게 있다고 해서 놀랐는데 보길 잘한 거 같다. 의상도 준비하고 대사도 완벽했다.

"다행이네요. 고생하셨어요."

—그래. 월요일에 다시 미팅하기로 했다. 그렇게 알고 있어. 난 박재진 씨가 식사를 하자고 해서 이따가 다시 연락하마.

한겸은 박재진이 노력한 만큼 그에게 돌아간 것 같아 기분 좋은 미소를 지었다.

*　　　　　*　　　　　*

센터장의 활약에 힘입어 주말까지 출근한 C AD 팀원들은 자정이 지나도록 퇴근을 못 한 상태였다. 그중 한겸은 표정 없이 포트폴리오만 넘기는 중이었다. 학교에서 보낸 서류가 전혀 쓸모가 없었다. 특히나 분마 때문인지, 캐릭터를 그린 포스터가 상당히 많았다. 애니메이션 관련 학과에서는 대부분 캐릭터를 그린 포스터를 보냈다.

광고과에서 지원한 사람도 상당히 많았다. 그러다 보니 굉장히 난감했다. 10장을 채우기 위해서인지 과제물로 냈을 법한 포스터들도 끼어 있는 게 보였다. 하나같이 전부 빨갛게 보였다. 그나마 한겸은 색이 보이다 보니 나은 편이었다. 괜찮은 작품을 찾기 위해 하루 종일 집중한 팀원들은 이마에 손을 짚은 채 퀭한 눈으로 포트폴리오를 보고 있었다.

앞으로도 더 많은 지원자가 나타날 것이 확실했다. 바로 내일 분트 본사와 미팅이 잡혀 있었고, 그 내용도 기사로 나오게 될 것이 틀림없었다. 분마의 광고가 언제 나오냐며 묻는 사람들만 해도 상당했다. 그만큼 분마의 인기가 많았다. 얼마나 많은 지원자가 나타날지 모르지만 그때를 위해서라도 최대한 확인해 둬야 했다. 그때, 메일로 보낸 포트폴리오를 확인하던 종훈의 목소리가 들렸다.

"이게 뭐야?"

한겸은 궁금한 마음에 종훈의 모니터를 봤다.

"어?"

한겸은 자리에서 일어나 종훈의 옆으로 이동했다. 그러자 종훈이 고개를 갸웃거리며 입을 열었다.

"이거 사진 같지?"
"그러게요. 왜 포스터를 사진으로 찍어서 보낸 거지? 확대 좀 해주세요."
"와, 엄청 정밀하네."
"이거 손으로 그린 거 같은데요. '난 내 모습이 부끄럽지 않아요. 그런 날 왜 부끄럽게 만드는 건가요', 이거 좋네요."
"일회용 컵 버리지 말라는 거네."

"음료를 다 마셔도 일회용 컵은 처음 그대로니까 부끄럽지 않단 거겠죠. 하지만 위치가 쓰레기통이 아니면 여기 그림처럼 사람들이 눈살을 찌푸리니까 부끄럽단 거고."

"응, 조화가 진짜 좋다. 그런데 왜 사진으로 찍었지?"

한겸도 의아한 표정으로 모니터를 봤다. 사진으로 보낸 포스터 전체에 색이 보였다. 그림도 손으로 그린 것 같은데 마치 사진을 찍어놓은 것처럼 사람들 표정이나 사물들이 상당히 정교했다. 그러다 보니 다음 장엔 뭐가 있을지 궁금했다. 한겸은 종훈의 마우스를 가져와 다음 장을 넘겼다.

"와… 이 사람 뭐지?"

다음 장 역시 손으로 그린 포스터를 사진으로 찍어 보냈다. 이번에도 색이 보였다. 한겸은 궁금한 마음에 다음 장을 눌렀고, 넘길 때마다 감탄사를 뱉었다. 어느새 옆으로 온 범찬과 수정이 화면을 보며 입을 열었다.

"가정파괴주(酒)! 이거 뭔데 카피를 이렇게 무섭게 적어놨냐."

"음주 운전 방지 포스터 같은데."

누워 있는 술병에 바퀴가 달려 있었고, 병목 부분에 취한 것 같은 사람이 앉아 있었다. 술병 안에 담긴 술이 출렁거려 무척 위태롭게 보였다. 그 출렁거리는 술에는 사람이 떠 있었다. 한

명의 여인이 몸을 가누지 못하는 것처럼 위태롭게 보였다.

"진짜 그림 잘 그리네. 승기는 짭도 안 되겠는데?"
"승기는 웹툰이잖아. 이건 좀 사실화고. 그리고 우리 분마 승기가 그린 거거든?"

수정과 범찬이 투덕거리는 와중에도 한겸은 모니터에서 눈을 떼지 못했다. 지금 보이는 포스터는 회색이었지만, 지금까지 몇 장이나 색이 보였다. 그렇기에 한겸은 서둘러 다음 장을 넘겼다. 어느덧 마지막 포스터가 남았고, 한겸은 모니터를 보며 눈을 껌뻑거렸다.

'덕분에 많이 웃을 수 있었습니다'라는 문구와 짧은 머리를 한 50대 정도의 여성이 포근한 미소를 짓고 있었다. 온통 회색으로 보이는 걸 보면 분명히 광고였다. 옆에 있던 종훈 역시 감탄하며 말했다.

"쩡이다. 연필로만 그린 건가? 흑백이라서 그런가 느낌이 굉장히 묘하네."
"흑백이에요?"
"어. 이건 포스터가 아닌 거 같은데."

한겸은 사진을 확대했다. 종훈의 말처럼 포스터가 아닌 연필로만 그린 그림이었다. 한겸은 헛웃음을 뱉고는 입을 열었다.

"이 사람 1순위로 해요. 이름이 뭐예요?"

"두선대학교 토목공학과 2학년 최충열이라는데."

"과는 우리하고 전혀 상관없네요. 2학년이면 학교를 다녀야 할 텐데……"

나이에 약간 문제가 있었다. 한겸은 먼저 제대로 작업을 한 건지 확인부터 하는 게 낫겠다고 생각했다.

"연락처 있어요?"

"응. 여기 있네."

한겸은 곧바로 메일에 적힌 연락처에 전화를 걸었다. 그러자 상당히 굵직한 남자 목소리가 들렸다.

─여보세요.

"안녕하세요. C AD의 김한겸이라고 합니다."

─네? 아, 네.

"제출하신 서류 때문에 연락을 드렸습니다. 사진으로 보내셨죠?"

─그렇긴 한데……

"문제는 아니고요. 사진이 아닌 작업하신 파일로 다시 보내주실 수 있을까 해서요."

한겸은 고개를 갸웃거렸다. 어째서인지 상대방이 말을 더듬거렸다. 그때, 상대방이 다짜고짜 사과를 했다.

—죄송합니다.

"네? 무슨 말씀이세요?"

—그게, 제가 한 게 아니에요… 죄송합니다.

한겸은 역시나 싶은 마음에 헛웃음을 뱉었다. 생각해 보니 포트폴리오에 담긴 10장의 포스터들 중 반이 넘게 색이 보이는 것부터 말이 안 됐다. 딱 봐도 알려지지 않았지만 잘 만든 광고를 추려 보냈을 거라 생각했다. 그러던 중 한겸이 고개를 갸웃거렸다.

'그럼? 손으로 그린 걸 보면 전부 같은 사람인데?'

그때, 전화 너머 상대방이 조심스럽게 말을 이었다.

—제가 혼자 보기 아까워서 보낸 겁니다. 저희 학교에서는 엄청 유명하거든요.

"누가 그린 건데요?"

—저희 학교 청소하시는 아주머니가 그리신 거예요. 직접 그려서 쓰레기통에 붙여놓으시거든요.

"청소 아주머니요?"

—네. 학교에 붙은 채용 공고 보니까 제한이 없다고 해서 보내 봤어요…….

"네. 제한은 없어요. 그럼 그 아주머니 연락처 좀 알 수 있을까요?"

─그게… 혹시 마지막 아주머니 그림 보셨나요?

"그대들 덕분에 많이 웃을 수 있었습니다?"

─네, 그거요. 그걸 마지막으로 안 보이시더라고요. 알아보니까 학교 청소 용역업체가 바뀌었다고 해서요. 그 어머님 말고, 다른 건물에서 불만이 좀 많았거든요.

어찌 됐든 같은 사람이 그렸다는 게 확실했다. 학교 청소를 했다는 건 전혀 문제가 되지 않았다. 이 사람은 절대 놓치면 안 됐다.

"아주머니 연락처는 아시나요?"

─그건 학교에 물어봐야 할 거 같아요. 제가 알아봐 드릴게요.

"부탁드립니다."

한겸이 통화를 마치자 팀원들이 달려들었다.

"청소 아주머니가 뭐야? 청소하시는 아주머니가 그리신 거래?"

"응. 그렇다네. 저 모니터에 있는 분이 그분이신가 봐."

"헐… 저 정도면 진짜 달인 막 그런 TV 프로그램에 나와야 되는 거 아니야?"

"난 이 아주머니는 꼭 모셔야 될 거 같아. 이 아주머니가 그린 걸 작업할 사람을 따로 구하는 한이 있더라도 무조건 같이해야 돼. 우리는 지금 서류 밀려 있으니까 대표님한테 꼭 모셔달라고 할게."

팀원들은 약간 놀랐다. 한겸은 평소에 자신의 의견을 주장하더라도 주변 의견도 물으면서 일을 진행했는데, 이번만큼은 단호하게 주장하고 있었다. 팀원들도 포스터가 신기했기에 찬성이었다. 그저 한겸의 결연하기까지 한 모습이 신기했다.

*　　　　　*　　　　　*

다음 날. 분트와의 미팅을 마친 우범이 계약에 대해 설명하기 위해 곧바로 동아리실로 찾아왔다. 우범은 난장판인 동아리실을 보며 상당히 놀란 표정이었다.

"전부 포트폴리오 같은데. 왜 이렇게 많은 거지?"

그 이유에 대해 한겸이 설명했고, 얘기를 다 들은 우범은 피식 웃으며 입을 열었다.

"이제 독립할 때가 됐군. 일단 계약에 대해서 알려주마. 분트 본사와의 거래가 아닌 나라별로 계약을 하게 됐다. 일단 첫 번째는 너희들이 예상했던 스페인이다. 스페인과는 계약을 맺은 상태고, 스페인의 반응을 본 뒤 순서대로 나가게 될 거다. 총예산은 150만 유로. 원화로 약 20억이다. 한국 때와 마찬가지로 한 번에 최대한 많은 양을 내보내서 이슈를 만들어주는 게 좋을 것 같다."

"그렇게 하는 게 좋은 거 같아요. 기간은 얼마나요?"

"제작은 9월 말까지 완성해서 10월 초에 게재하기를 원하더 군. 스케줄을 맞춰주면 스페인 게재 대행사는 알아보마. 그리고 곧바로 기사가 나올 거다. 대표님이 이미 준비해 두고 계셨다. 기사는 분마가 해외로 진출하는 내용이다. 언제나처럼 우리가 돋보이는 일은 없을 테니 하던 대로 일을 하면 된다."

한 번 겪어봐서인지 다들 그러려니 하고 받아들였다. 한겸은 그런 팀원들을 보며 피식 웃었다.

"고생하셨어요. 그럼 박재진 씨는요?"

"박재진 씨는 수요일에 따로 계약하기로 했다. 아마 우리처럼 한 건당 계약이 될 것 같다. 모델료는 전과 비슷할 것 같고."

"잘됐네요."

"자기 일에 무척이나 열심인 사람이더군. 꽤 인상적이었다."

우범이 대놓고 누군가를 칭찬하는 걸 처음 본 팀원들은 금액을 들을 때보다 더 놀란 표정이었다. 우범은 그런 팀원들을 보더니 피식 웃으며 말을 돌렸다.

"그리고 이번 계약 때문에 약간 문제가 있다. 지금 법인 정관이 표준이라서 바꿀 필요가 있어. 회사 자금이 너무 많이 생긴 탓에 상여금으로 돌리는 것이 나을 것 같다. 그러는 편이 세금을 줄일 수 있는 방법이다. 그래서 금융 전문 변호사를 만나서 정관을 따로 제작하는 편이 나을 것 같다."

"얼마나 나오는데요?"

"주주가 너희들 넷이고, 내 계산으로는 월급 제외 상여금만으로 일인당 7천만 원 정도 된다. 너희들 월급도 이번 달부터 제대로 나가게 될 거고. 오너 겸 AE로서 꽤 많은 월급을 받겠지."

팀원들은 그 어느 때보다 놀란 얼굴로 서로를 바라봤다. 자신들에게 직접 들어오는 돈이기에 놀랄 수밖에 없었다. 팀원들이 계속 놀라고 있자 우범이 가볍게 웃은 뒤 말을 이었다.

"너희들도 사무실을 옮기는 편이 좋을 것 같다. 부평보다는 기업들과 미팅이 편한 곳이 좋을 것 같은데. 여기 계속 있으면 귀찮기도 할 테고, 무엇보다 한곳에 있는 것이 좋겠지."

언제까지 동아리실에 있을 순 없었다. 한겸도 그러는 편이 나을 것 같았다. 팀원들도 이번 일로 크게 시달렸는지 말없이 고개만 끄덕거렸다. 그러자 우범이 웃으며 말했다.

"그렇게 하지. 최대한 빠르게 알아보도록 하마. 당분간은 분트와 일을 해야 할 테니 목동도 괜찮을 거 같다. 센터장에게는 내가 얘기하겠다. 그럼 내 할 말은 끝났고, 전화로 했던 말 해봐라."

한겸은 팀원들을 힐끔 봤다. 여전히 넋이 나간 표정이었기에 한겸은 노트북을 가져와 직접 설명했다.

"4일간 본 포트폴리오 중에 가장 좋은 작품이었어요. 10장 중 9장이 포스터였고 마지막 한 장은 그냥 그림이에요. 이렇게 사진으로 보낸 이유는 다른 사람이 보낸 거라서 그래요."

"윤선진 씨라고 했나?"

"네, 맞아요."

"연락처는 있다고 했지?"

"네, 제가 몇 번 했는데 안 받더라고요."

"알았다. 내가 알아보마."

"그런데 왜 이분 뽑는지 안 물어보세요?"

"너희들이 필요하니까 뽑았겠지. 나보다는 너희들이 전문가니까."

한겸은 멋쩍게 웃었다. 우범과 함께하게 된 이후부터 C AD가 엄청나게 발전하고 있었다. 마치 자신의 회사처럼 아끼며 열정적이었다.

"그럼 나머지 두 사람도 열심히 뽑도록. 난 간다."

우범은 인사도 하지 않고 가버렸고, 남아 있던 한겸은 피식 웃은 뒤 팀원들의 등을 두드렸다. 그러자 범찬이 멍한 표정으로 입을 열었다.

"나 순간 한강 보이는 아파트로 이사 가는 꿈꿨어."

한겸은 피식 웃으며 다른 팀원들을 봤다. 범찬과 다를 바 없
는 표정이었다.

*　　　*　　　*

우범은 직접 윤선진을 찾아 나섰다. 한겸의 말처럼 아무리 전
화를 해도 받지 않았기에 두선대학교에 연락을 했고, 윤선진이
다니던 용역업체까지 알아냈다. 그렇게 알아낸 청소 용역업체까
지 방문한 상태였다. 그리고 그곳에서 윤선진과 함께 일했던 동
료들을 만날 수 있었다.

"선진 언니를 왜 찾으시는데요?"
"저희 직원으로 모시고자 찾고 있습니다."
"직원이요? 어딘데요?"
"C AD라는 광고 회사입니다."
"개인 미화원까지 두려는 거 보면 건물이 큰가 봐요."
"미화원이 아니고 포스터 디자이너로 모시려고 합니다. 연락
이 안 되더군요."

우범은 간단하게 두선대에서 있었던 일을 설명했고, 우범의

말을 들은 동료들은 무척이나 놀란 얼굴로 저마다 말을 뱉기 시작했다.

"어머, 어머! 그 언니 그림 그렇게 잘 그리더니 잘됐다!"
"하모, 선진 씨가 그림 하나는 억수로 잘 그리제."
"잘됐네, 잘됐어. 그 착하디착한 사람이 힘든 일 하느라 힘들었을 건데."
"우리 선진이 그렇게 그림 그려서 붙여놓더니. 너무 잘됐다."

우범은 동료들의 얘기를 가만히 듣고 있었다. 질투를 할 만도 한데 진심으로 축하해 주는 걸 보면 윤선진이 어떤 사람인지 대략 알 것 같았다. 그러던 중 동료 중 한 사람이 곧바로 전화를 걸었다.

"언니! 어디야! 거기서 뭐 하는데? 무릎도 안 좋은 사람이 무슨 그런 걸 하고 있어."

우범은 통화하는 사람을 가만히 바라봤다. 빨리 연결을 좀 해 줬으면 좋겠는데 자신들의 말만 하고 있었다. 한참이 지났을 때, 드디어 일에 대한 얘기가 나왔다. 그러고는 통화하던 동료가 휴대폰을 건네주었다.

"내가 대충 얘기했으니까 받아봐요."

전화를 받아 든 우범은 인사부터 건넸다.

"안녕하십니까. 광고 회사 C AD의 성우범이라고 합니다. 다름이 아니라 윤선진 씨를 저희 회사 포스터 디자이너로 모시고자 해서 잠시 만나 뵙고 싶습니다."

―그게… 저를 왜.

우범은 또다시 두선대 학생이 사진을 찍어 보냈다는 설명부터 해야 했다.

"윤선진 씨가 그리신 포스터가 저희 회사가 추구하는 방향과 비슷합니다."

―저는 컴퓨터도 잘 할 줄 모르는데……

"괜찮습니다. 일단 만나 뵙고 싶은데 가능할까요? 제 얘기를 들어보시고 판단하셔도 됩니다. 제가 선생님 계신 쪽으로 가겠습니다."

우범은 상대방이 고민할 새도 없이 말을 꺼냈다. 그러고는 결국 개봉역에서 만나기로 약속을 잡았다.

"우리 언니 잘 부탁드립니다."
"제가 잘 부탁드려야 할 상황입니다. 그럼 감사했습니다."

우범은 서둘러 청소 용역업체를 나섰다. 약속 장소와 그다지

멀지 않은 거리였기에 약속 시간보다 빠르게 도착했다. 주차할 곳을 찾던 중 지하철역 앞에 서 있는 윤선진이 보였다. 포트폴리오에서 봤던 그림과 똑같이 생겨서 단번에 알아볼 수밖에 없었다.

주차를 하고 온 우범은 곧바로 윤선진에게 다가갔다. 그러자 윤선진이 자신에게 전단지를 건넸다. 우범은 일단 전단지를 받아 들고는 입을 열었다.

"안녕하십니까. 아까 연락드렸던 성우범입니다."

"아! 아이고, 일찍 오셨네요. 이걸 어쩌죠. 아직 남았는데."

"제가 도와드리겠습니다."

"아니에요! 아닙니다! 시간당 돈을 받는 거라서요. 저기 커피숍에 잠깐 계세요."

"아닙니다. 그동안 옆에서 도와드리죠."

우범은 윤선진이 들고 있던 전단지를 반으로 나눠 들었다. 그러자 윤선진이 미안해하는 표정으로 입을 열었다.

"그러지 않으셔도 되는데요."

"괜찮습니다. 여기서 잠시 얘기하면서 하죠."

"그럴 수 있나요. 일할 땐 일을 해야죠. 이거 맡겨준 사장님도 절 믿고 맡기신 건데 열심히 해야죠."

우범은 윤선진을 보며 미소 지었다. 자신이 맡은 일에 대해 책임을 질 줄 아는 사람은 생각보다 보기 힘들었다. 지금 저 모습만으로도 충분히 합격이었다. 우범은 시간이 될 때까지 윤선진의 옆에서 전단지를 나눠 주었다. 생각보다 받는 사람이 적었음에도 윤선진은 연신 미소를 지은 채였다.

잠시 뒤, 시간이 되자 윤선진이 어디론가 전화를 하고 나서 근처 커피숍으로 안내했다. 커피숍에 자리한 윤선진은 일할 때와 또 다르게 굉장히 수줍음이 많아 보였다.

"그런데… 저를 왜……."

우범은 다시 두선대 학생들이 포트폴리오를 보냈다며 설명했다. 그러자 윤선진은 멋쩍은 표정으로 입을 열었다.

"참, 그러지 말라니까. 또 그랬네요."
"그런 적이 또 있었나요?"
"예전에 방송국에서 달인으로 나와달라고 했거든요. 싫다고 했는데도 또 그랬네요."
"왜 안 하신 건가요?"
"배운 적도 없는 사람이 마음대로 그린 건데 TV까지 나오는 건 아니죠."

우범은 미소를 지었다. 동료들과의 문제도 없었고, 전단지 돌리는 것을 보면 자기 일에 책임감도 있고 겸손하기까지 했다. 기획 팀과 상당히 잘 맞을 것 같은 사람이었다. 우범은 윤선진을 보며 입을 열었다.

"그림은 전문적으로 배우신 분들 못지않게 잘 그리십니다."

"어휴, 무슨 그런 말씀을 하세요."

"사실입니다. 그래서 저희 C AD에서는 윤선진 씨를 모시고 싶습니다."

"어떻게 그래요. 전 제대로 배운 적도 없고 컴퓨터도 만질 줄 몰라요."

우범은 가방에서 인쇄해 온 윤선진의 그림을 꺼냈다. 그러고는 윤선진에게 내밀었다.

"못 만지셔도 됩니다. 지금 이 그림처럼 그려주시면 됩니다."

"그건… 그냥 학생들이 쓰레기를 막 버려서 그린 거예요."

"이것도 학생들을 위해서 그린 건가요?"

"아……."

윤선진은 그림을 보는 순간 표정이 변했다. 그 모습을 본 우범은 무언가 있다는 생각에 서둘러 말을 돌렸다.

"저희가 하는 일도 같습니다. 공익광고를 하게 되면 윤선진 씨가 하신 것처럼 사람들이 쓰레기를 아무 데나 버리지 않길 바라는 의도로 제작하게 되죠. 똑같습니다. 지금 보시는 건 저희가 제작한 포스터들입니다. 지금 보시는 건 유기견의 마음을 대변했죠."

"어머… 이렇게 멋진 그림이 제가 그린 그림하고 비교가 되나요."

"됩니다. 그래서 윤선진 씨를 만나려고 한 겁니다. 그래서 그런데, 이 그림 하나당 시간은 얼마나 걸리셨는지 궁금합니다."

"하루에 3, 4시간씩 그려서 2, 3일 정도 그리죠."

"그렇군요."

그 정도면 적당한 편이었다. 오히려 손으로 정교하게 그림을 그리는데 빠르다고 보는 편이 맞았다.

"함께 일하시죠. 아까 전 직장 동료분들이 무릎도 안 좋으시다고 하던데 앉아서 일하시죠."

"제가 민폐가 될까 봐."

"아닙니다. 해보시고 정 안 될 것 같으면 그만두셔도 됩니다."

"휴우……."

"한번 생각해 보시고 연락 주시죠. 기다리겠습니다. 이건 저희 회사 소개와 회사에 들어오면 받게 되실 대우입니다."

윤선진은 스스로가 아무것도 아니라고 생각했다. 그런 자신에게 이렇게까지 찾아와 함께 일하자는 것이 너무 낯설게 느껴졌다. 한편으로는 처음 받아보는 대우가 가슴을 두근거리게 만들었다.

*   *   *

집으로 돌아온 윤선진은 꺼진 TV 앞에 놓인 조그만 사진을 들여다봤다. 그러고는 사진을 보며 입을 열었다.

"C AD라는 회사에서 내가 필요하대. 내가 해도 될까? 나 잘 할 수 있을까?"

사실 C AD가 어떤 회사인지 전혀 몰랐다. 그래서 주변 지인들에게 C AD에 대해 물었다. 비슷한 환경이어서인지 지인들 역시 C AD에 대해서 잘 몰랐다. 그래도 인터넷에서 검색을 하더니 최근 가장 유명한 광고를 만든 회사라고 알려주었다. 그러면서 지인들 모두가 하나같이 C AD에 당장 들어가라고 했다. 안 해본 일이 없는 만큼 무엇이 걱정이냐며 응원했다. 그러고는 그녀가 필요하니 우범이 먼 곳까지 일부러 찾아온 게 아니겠냐며 덧붙였다.

그러다 보니 약간 생각이 기울어졌다. 아직도 자신 때문에 피해가 가지 않을까 걱정은 됐지만, 무엇보다 자신이 좋아하는 그림을 그리면서 일을 한다는 점이 관심을 갖게 만들었다.

윤선진은 한숨을 쉬며 아무런 대답도 들리지 않는 사진만 들여다봤다. 사진 속에는 윤선진과 남편이 담겨 있었다. 하염없이 사진만 보던 윤선진이 사진을 쓰다듬으며 말했다.

"당신 덕분이네. 그렇게 사진 찍기 싫어해서 사진도 안 남겨놨잖아. 그래서 내가 당신 보고 싶어서 그림 그리기 시작한 거 아니야."

말을 할수록 윤선진의 눈에 눈물이 고였다.

"너무 미운데… 너무 보고 싶다. 나 당신하고 승태한테 축하받고 싶어. 잘했다고, 정말 잘했다고. 너무 밉다."

윤선진은 애써 입술을 깨물며 눈물을 참았다. 그러고는 사진을 내려놓았다.

"그래도 당신 볼 날 얼마 안 남았네……."

    *   *   *

며칠 뒤. 직원 채용 포트폴리오 접수는 마감이 되었고, C AD는 며칠 동안 계속 심사를 진행 중이었다. 분마가 해외로 진출한다는 기사가 나갔지만, 우범의 예상처럼 모든 주목은 분트에 가 있었다. 광고 특성상 만든 순간 광고주의 것이 되는 것이었다. 그래도 광고계와 관련 있는 사람들은 C AD에 관심을 보이며 서류를 보내왔다. 그 때문에 기사가 나온 날부터 포트폴리오의 질이 확실히 달라졌다.

"윤선진 씨는 일하신다고 했으니까 이제 남은 2명 뽑아보자."
"우리가 유명해지긴 했나 봐. 3명 뽑는데 포트폴리오가 900개 넘게 왔어. 어후… 이거 보니까 섬뜩해지네. 회사 안 차렸으면 나도 이러고 있었어야 할 거 아니야."

"보내신 분들이 그만큼 고생했을 테니까 제대로 뽑아야 해."

"그래도 얼마 안 남았네."

한겸은 색만으로 퀄리티가 좋은 포트폴리오 구별이 가능해 심사를 하는 속도가 빨랐고, 그 덕에 포트폴리오 확인의 반 이상을 담당했다. 그중 윤선진처럼 작업물의 반이 넘게 색이 보이는 경우는 없었다. 거의 대부분 회색이거나 빨간색이었고, 가끔 가다가 카피만 노랗게 보이는 포스터도 있었다. 그러다 보니 심사를 하면 할수록 윤선진이 대단하게 느껴졌다.

한겸은 한 장만이라도 색이 보이면 따로 분류해 두었다. 그 한 장도 얼마나 어렵게 나왔을지 충분히 알고 있었다. 한참이 지나서야 모든 서류를 확인한 한겸은 팀원들에게 말했다.

"이건 내가 따로 분류해 둔 거 각자 메일로 보냈거든. 24명인데 한 번씩 봐봐."

"24명 중에 2개 뽑아야 되네."

"내가 봤을 때는 비슷해 보여."

한겸은 팀원들에게 말을 하고선 곧바로 휴대폰을 꺼내 들었다.

"방 PD님, 다 됐어요?"

—어. 너희 직원이 더빙한 거 가져와서 이제 막 다 끝났어. 영상은 네가 확인한 그대로, 음악도 그대로, 더빙도 그대로 다 했어."

"지금은 못 갈 거 같거든요. 메일로 좀 보내주세요."

—알았어. 보고 이상 없으면 바로 너희 사무실로 보낸다."

"네. 아, 참! 직원분들 여권 만드셨죠?"

—응, 찾아오기만 하면 된다고 했다. 무관세 임시 통관 증서도 신청했다. 사전 답사는 언제 갈 거야?

"제가 연락드릴게요."

직원들과 상의 끝에 방 PD가 해외 촬영을 맡기로 했다. 한겸의 입장에서는 가장 잘된 일이었다. 이제 포스터 팀을 꾸린 뒤 촬영 스케줄을 잡으면 곧바로 촬영이었다. 그 전에 한국 분트의 겨울 광고를 확인해야 했다. 잠시 뒤, 방 PD에게서 메일을 보냈다는 메시지가 도착했다. 한겸은 곧바로 메일을 확인했다.

—겨울 하면 머플러지이이.

한겸은 턱을 괴고 모니터를 뚫어져라 살폈다. 영상 마지막 부분만큼은 박재진의 옷이 바뀌었음에도 여전히 색이 보였다. 하지만 마지막 2초를 제외하고는 전혀 색이 보이지 않았다. 물론 중간중간 나오는 박재진만큼은 노란색이었다.

'영상 전체가 색이 보이는 건 힘들겠지?'

스스로도 말이 안 되는 일이라고 생각했다. 모든 색이 보이려면 한 컷마다 확인을 해야 하고, 포즈를 정해야 하고, 음악도 완벽해야 하는 등 모든 것이 맞아떨어져야 했다. 물론 시간만 있다면 가능할 수도 있었다. 하지만 1년이 걸릴 수도, 2년이 걸릴 수도 있는데 그동안 기다려 줄 광고주는 없었다.

한겸이 계속해서 영상을 본 덕분에, 동아리실에는 박재진의 목소리만 들렸다.

"겸쓰, 뭐 하는데 계속 봐. 잘못 나온 거 있어?"

"그런 건 아니고, 좀 더 잘 만들 수도 있을 것 같아서."

"저번에 봤을 때도 충분히 좋기만 했고만."

범찬의 말에 한겸은 피식 웃었다. 저런 반응 때문에 더 궁금해졌다. 지금도 충분히 좋은데, 영상광고 전체에 색이 보이면 어떤 반응을 보일지 지금은 전혀 예상이 되지 않았다.

그래도 지금 고민해 봤자 소용없는 일이었기에 한겸은 모니터를 닫았다.

*   *   *

며칠간 심사 끝에 직원 채용을 끝냈다. 총 5명을 추려 우범에게 보냈고, 우범이 면접 끝에 나머지 두 명을 채용했다. 그리고 목동 분트 근처 신정동에 사무실까지 마련했다. 한겸과 팀원들은 사무실도 볼 겸, 한 번도 못 본 사무실 직원들과 인사하기 위해 목동에 와 있는 상태였다.

"생각보다 작네."

"그래도 3층 전부 사용하잖아."

"우리 3층이랬지?"

"응."

전부 회식 장소에 가 있는 터라 들어갈 순 없었다. 우범이 구한 건물은 꽤 오래돼 보이긴 했지만, 3층 전체를 전부 사용할 수 있었다. 주변을 둘러보니 바로 앞에 법원이 있어서인지 변호사, 세무사, 법무사 등 법에 관련된 사무실들이 많았다. 법원 앞이라는 말에 시끄러울 줄 알았는데 무척이나 조용한 거리였다.

한겸은 만족한 표정으로 건물을 올려다봤다. 이제 다음 주면 이곳으로 출근을 해야 했다. 한겸이 사무실을 올려다볼 때, 옆에 있던 범찬이 입을 열었다.

"겸쓰, 빨리 가자! 늦겠어."

"시간 남았어."

"크크, 재밌겠다."

범찬은 직원들과의 회식에 이미 들뜬 상태였고, 종훈과 수정은 첫 대면에 약간 어색해했다.

"이게 뭐라고 떨리지."

"나도 떨려요. 이럴 줄 알았으면 일찍 올걸."

한겸은 두 사람을 보며 피식 웃었다.

"자기소개 같은 거 하는 자리 아니잖아. 그냥 인사하는 건데 뭘 그렇게 떨어."
"넌 그래도 몇 명 봤으니까 그렇지. 우린 처음이잖아."
"범찬이도 처음이잖아."
"최범찬은 열외야."

한겸은 피식 웃고는 약속 장소인 고깃집으로 향했다. 고깃집에 도착하자 이미 모두 자리해 있었다. 팀원들은 서둘러 인사를 하고선 비어 있는 자리로 들어갔다. 그러자 우범이 웃으며 입을 열었다.

"그럼 이제 다 왔으니 우리 사무실부터 한 명씩 소개하죠."

한겸은 움찔거리며 수정을 살폈다. 수정은 한겸을 보며 잠시 얼굴을 찡그리더니 이내 자신을 어떻게 소개할지 생각하는 듯 보였다. 한겸은 그 모습을 보며 웃고는 직원들을 쳐다봤다. 그때, 바로 앞에 앉아 있는 사람이 자기소개를 하는 직원을 보며 박수를 치고 있는 것이 보였다. 바로 자신이 뽑은 윤선진이었다. 그림을 하도 봐서인지 광장히 친숙한 느낌이었다.

한 명씩 소개가 끝나고, 앞쪽에 자리한 사람들의 소개가 이어졌다.

"이번에 새로 입사한 장창수입니다! 나이는 29살이고 전에는 작은 독립 대행사에서 근무했었습니다! 잘 부탁드립니다."

"포스터 제작 팀에 합류하게 된 33살 고영준입니다. 저도 잘 부탁드립니다."

우범이 말했던 대로 두 사람 모두 굉장히 서글서글한 인상에 성격도 좋아 보였다. 그리고 다음이 윤선진이었다.

"안녕하세요… 55살 먹은 윤선진이라고 합니다. 폐 끼치지 않도록 최선을 다해 열심히 할게요."

잠깐이었지만 목소리가 무척이나 떨리고 있었다. 윤선진은 약간 위축되어 보이는 모습으로 자기소개를 마쳤다. 그러자 우범이 다시 입을 열었다.

"C AD의 기획 팀이자 오너들이죠. 너희들도 소개해."

범찬은 기다렸다는 듯이 벌떡 일어났다.

"후후, 안녕하십니까! 전 대표이자 현 오너 겸 기획 팀 AE 최범찬입니다! 박수! 하하! 여름 하면 발라드지이이. 이거 아시죠? 이거 제가 만들었습니다."

한겸과 다른 두 사람은 범찬의 소개가 부끄러워 아예 고개를 돌려 버렸다. 범찬의 소개가 한참이나 이어진 반면, 나머지 세 사람은 아주 간단하게 자기소개를 마쳤다. 그러고는 곧바로 식사가 시작되었다.

직원들은 서로 대화를 나누고, 술잔도 오갔다. 다들 자리를 옮겨가며 친해지고 있었다. 확실히 입사 시기가 비슷하고 호칭을 통일했다 보니 금방 친해지는 분위기였다. 특히 가운데로 자리를 옮긴 범찬이 큰 역할을 하고 있었다. 범찬 가까이에서는 웃음이 터져 나왔고, 사람들도 그쪽으로 관심을 가졌다. 다만 앞에 있는 윤선진만은 아직도 어색해했다. 한겸은 윤선진과 대화를 나누기 전에 먼저 술을 따라주려 했다.

"죄송해요. 제가 술을 안 마셔요. 죄송해요, 오너님."
"아, 괜찮아요. 그렇게 사과하지 않으셔도 돼요."
"아이고, 그래도 회식까지 와서 미안해서요."
"괜찮아요. 그리고 그냥 프로라고 부르시면 돼요. 저희 호칭이 전부 다 프로거든요. 그냥 김 프로라고 부르시면 돼요. 저도 윤 프로님이라고 불러야 하거든요."

약간 어색해진 분위기에 한겸은 서둘러 말을 돌렸다.

"윤 프로님 포스터 내용들이 정말 좋더라고요. 특히 전 '난 내 모습이 부끄럽지 않아요', 그 일회용 컵 나온 포스터가 좋더라고요. 그 포스터 붙여놓고부터 효과 있었죠?"

"아……."

윤선진은 민망한 표정으로 머뭇거렸다. 그러더니 휴대폰에서 무언가를 찾은 뒤 멋쩍은 미소로 한겸에게 보여주었다. 휴대폰을 본 한겸은 그럴 줄 알았다며 미소를 보였다.

"대단하네요. 커피 마시고 올려두고 가는 사람도 많은데 이렇게 차곡차곡 쌓아두기까지 했네요."
"학생들이 착해서 그래요."

그때, 옆에 있던 수정이 휴대폰을 보며 입을 열었다.

"와, 배경도 포스터하고 똑같네. 완전 일치하는데요? 정말 대단하세요."

한겸도 그제야 배경을 봤다. 수정의 말처럼 사진과 포스터가 굉장히 비슷했다.

"원래 있는 걸 그리셨던 거였네요."
"사진을 찍고서 그걸 따라 그린 거예요. 그림 그리고, 그 위에 글씨도 쓰고 또 그림도 그리고."
"와, 보면 볼수록 좋네요."

모든 포스터를 일러스트로만 제작하는 게 아니었다. 실제 사진으로 진행하는 경우도 있었다. 그렇기에 지금 윤선진의 말이 무척이나 반갑게 들렸다. 한겸은 휴대폰에 있는 다른 사진도 궁금해졌다.

"혹시 다른 사진을 봐도 될까요?"
"별거 없는데……."
"궁금해서 그래요."

한겸은 윤선진의 허락을 받은 뒤 사진을 뒤로 넘겼다. 한겸은 아무런 말없이 휴대폰을 보며 한 장, 한 장 넘기기 시작했다. 그리고 화면을 키운 뒤 한참을 보고만 있자, 윤선진이 입을 열었다.

"그냥 지나다니면서 찍은 거라서 볼품없지요?"
"아니요. 천혀요. 잠시만요."

한겸은 또다시 휴대폰 사진만 쳐다봤다. 그러자 수정과 종훈이 이상함을 느끼고 한겸의 옆으로 다가왔고, 조금 떨어져 있던 우범도 한겸에게 다가왔다.

"왜? 사진을 잘 찍었어?"
"응. 잠깐만."

한겸은 보고 있던 사진을 팀원과 우범에게 보여주었다. 벽돌이 튀어나와 있는 벽면으로, 땅과 벽의 경계선을 가운데에 두고 찍은 사진이었다.

"이 사진 봐봐. 그냥 보면 사진 같은데, 만약 여기에 소변 금지라고 적혀 있으면 어떨 거 같아?"

"네 말 들어보니까 그럼 공익 포스터 같겠는데?"

"이것뿐만이 아니야. 이 앞장 보여줄게. 널브러진 청소 도구 보이지. 그냥 정리 같은 문구만 써놔도 포스터가 될 거 같아. 사진 자체가 약간 투박해서 그렇지, 초점을 단번에 잡아주잖아."

한겸이 신이 나서 설명할 때, 정작 놀란 사람은 윤선진이었다.

"어……"

윤선진의 말에 한겸은 그제야 정신을 차리고 고개를 들었다.

"아! 죄송해요. 사진이 너무 좋아서요."

"그게 아니라… 어떻게 아셨어요?"

"네?"

"소변 금지하고 청소 도구 정리를 어떻게 아셨는지 궁금해서요."

"여기 벽돌 밑 페인트에 약간 얼룩 보이잖아요. 그래서 그냥 추측해 봤어요. 소변 금지 적어놓으면 정말 잘 어울릴 거 같아서요."

"어휴… 신기하네요. 골목이 으슥해서 그런지 벽에 소변보는 사람이 많더라고요."

한겸은 미소를 짓고선 윤선진을 물끄러미 봤다. 포스터만 잘 그리는 줄 알았는데 더 대단한 게 따로 있었다. 광고에서 가장 중요한 점이 광고하고자 하는 것을 부각시키는 것이었다. 윤선진의 사진에는 배경과 말하고자 하는 바의 조화가 굉장했다. 아마 여기에 카피를 적어둔다면 당장에라도 색이 보일 것 같은 느낌이었다.

한겸은 윤선진의 포스터가 왜 그렇게 좋았는지 알 것 같았다. 그림 실력도 그림 실력이거니와 구도 자체가 완벽한 배경을 보고 그렸으니 좋을 수밖에 없었다. 배운 적도 없을 텐데 이런 걸 보면 천부적인 재능이라고밖에 생각할 수 없었다. 다만 기회가 없었을 것이었다.

한겸은 사진을 보며 옆에 있던 우범을 돌아봤다.

"이렇게 사진 많이 찍어두면 좋을 거 같죠?"

"필요한 거냐?"

"영상 제작할 때도 참고할 수 있을 거 같고, 포스터 제작에도 도움 돼요."

확실히 많은 사진을 찍어둔다면 C AD로서도 굉장히 좋을 것이었다. 그러자 우범이 고개를 끄덕이더니 윤선진을 향해 말했다.

"윤 프로님, 정식으로 사진 찍는 법 배워보시죠. 제가 아는 분께 말을 해두겠습니다. 수업비도 회사 측에서 내드리겠습니다."

"사진이요?"

"네, 평일에 2시간 정도 일찍 퇴근하셔서 사진을 배워보시는 게 어떨까 합니다. 회사 측에도 도움이 될 거 같습니다."

"아이고, 아니에요. 배우려면 회사 끝나고 배워야지요."

"그러면 너무 평일에 자기 시간이 없으시죠. 그리고 위치가 좀 멉니다. 의정부라서, 제가 조율을 해드리긴 할 텐데 그래도 시간이 너무 많이 걸릴 겁니다. 아니면 주말에 괜찮으시면 배워보시죠."

한겸은 우범을 보며 씨익 웃었다. 자신이 원하던 것을 제대로 말해주고 있었다. 그래도 윤선진이 고민을 하자 우범이 다시 입을 열었다.

"회사 일을 하는 데 도움이 되는 일입니다."

그러자 윤선진이 알았다는 듯이 고개를 끄덕거렸다.

"알겠어요. 도움이 된다는데 해야죠. 그런데 카메라 같은 것도 사야 하나요……?"

"아닙니다. 회사에서 지원해 드리겠습니다. 열심히 배우시면 됩니다."

그 모습을 보던 한겸은 환하게 웃었다. 제대로 배운다면 C AD에 분명히 도움이 될 것이었다. 윤선진에게서 대답을 들은 우범은 이제 됐냐는 표정을 지으며 한겸을 봤다. 한겸이 씨익 웃자 우범은 피식 웃더니 입을 열었다.

"그럼 일 얘기는 나중에 하지. 회식 자리에서 제일 싫은 사람이 일 얘기하는 사람이다."

한겸이 아차 싶어 옆을 보니 이미 회식 분위기가 가라앉아 있었다. 한겸은 어색하게 웃으며 사과를 했고, 그 모습을 본 범찬이 고개를 젓더니 다시 분위기를 끌어올렸다.

한겸은 윤선진의 재능을 발견했다는 기쁨과 회식 자리를 망쳤다는 미안한 마음에, 직접 직원들에게 인사를 하러 다녔다. 그러다 보니 술을 많이 마시게 되었다.

*   *   *

어느덧 회식이 마무리되었다. 한겸도 약간 취했지만, 끝까지 남아 직원들을 배웅했다. 차를 가져온 사람은 대리운전 기사를 불러 집으로 돌아갔고, 그렇지 않은 사람들은 택시를 타고 이동했다. 어느덧 모든 직원의 배웅을 마쳤고, 한겸은 한숨을 쉬며 길바닥에 나자빠져 있는 범찬을 봤다. 수정과 종훈은 범찬의 술을 깨우려고 숙취 제거 음료를 사 와 먹이고 있었다.

"아오! 최범찬! 술도 제일 못 마시면서 왜 주는 대로 다 마셔!"

그 모습을 보던 한겸은 한숨을 뱉으며 말했다.

"범찬이는 우리 집에 데려가서 재울게."

한겸은 범찬을 보며 헛웃음을 뱉고는 아직까지 남아 있는 한 명에게 말했다.

"윤 프로님, 고생하셨어요. 저희는 지금 택시 타면 친구가 실수할 거 같아서, 술 좀 깨워서 데리고 갈게요. 먼저 들어가세요."
"괜찮아요."
"집에 가족들 기다리실 텐데 들어가세요."
"혼자 살아서 괜찮아요. 최 프로님… 영 어색하네요. 최 프로님까지 가시는 거 보고 갈게요."

윤선진은 먼저 가도 될 텐데 끝까지 남아서 일일이 다 배웅했다. 사람들을 배웅하는 윤선진은 움츠리고 있을 때와는 전혀 달랐다. 혹시라도 대리운전 기사를 부르지 않고 가는 사람들이 있을까, 직접 하나하나 확인까지 하고 나섰다.

그 모습을 보며 한겸은 윤선진의 포트폴리오에 있던 음주 운전과 관련된 포스터가 떠올랐다. 개인사였기에 물을 순 없었지만, 아마 술병 안에서 출렁거리던 사람이 윤선진 본인이 아니었을까 하는 생각이 들었다. 자신의 경험에서 나온 감정을 포스터로 제작해서, 카피 역시 마음에 와닿았던 것은 아닐까 생각했다.

제5장

이전

　며칠 뒤. 신정동 사무실로 출근한 한겸은 일이 많아 자연스럽게 새로운 환경에 적응 중이었다. 학교 동아리실에서 나왔지만 큰 문제는 없었다. 우범은 학교 측에 C AD를 창업지원센터에서 배출했다며 홍보해도 된다는 조건을 걸고 아예 동아리를 없애 버렸다. C AD가 성장하면 할수록 홍보에 도움이 되기에 학교 측에서도 조건을 받아들였고, 기존에 있던 지원금까지 후원 명목으로 처리하겠다고 전해왔다. 게다가 학교는 물론이고 센터장과 김 교수를 비롯해, 문제는 있었지만 가장 많은 도움을 줬던 홍보실장까지 화환을 보내왔다. 학교 말고도, 라온과 아직 게재 관리를 하고 있는 박순정 김치에서까지 화환을 보냈다.

　이제는 동아리가 아닌 완전한 회사였다. 1층은 우범과 사무실 직원들이 차지하고 있었고, 2층은 자재실과 플랜 팀이 자리했다. 3층에는 기획 팀 사무실과 포스터 제작 팀 사무실이 있었고, 한겸은 사무실에서 앉아 스페인에서 제작되는 분마 광고의 계획을 짜는 중이었다.

"캐릭터들 퀄리티가 전보다 훨씬 좋아졌다. 너무 좋아졌는데."
"내 말이. 내가 혹시나 해서 보낸 곳 확인해 봤거든? 그랬더니 같은 회사인 거 있지."

분마가 엄청난 인기를 끌어서인지, 캐릭터 의뢰를 했던 회사뿐만 아니라 개인 프리랜서까지 상당히 공을 들인 작품들을 보내왔다. 전에는 딸랑 캐릭터 하나만 있었다면 이번에는 배경까지 그려져 있는 작품들도 상당했다. 게다가 직접 만나서 캐릭터에 대한 설명을 하겠다는 회사들도 있었다. 하지만 어차피 캐릭터 설정이 잡혀 있었기에 캐릭터 배경에 대해서 들을 필요가 없었다. 한겸은 캐릭터들을 보며 수정에게 물었다.

"승기한테서도 왔어?"
"승기는 요새 다시 바쁜가 봐. 새로 그린 게 없어서 저번에 보여준 게 다래. 그래도 다른 회사들 걸로 해도 될 거 같은데."

한겸도 동의하기에 고개를 끄덕거렸다. 승기가 캐릭터를 만들어준다면 좋겠지만, 자기 일이 있으니 어쩔 수 없었다. 사실 지금 있는 캐릭터 중에서도 어떤 걸 골라야 할지 어려운 상태였다. 함께 캐릭터를 보던 수정이 하나를 고르며 입을 열었다.

"너 사전 답사 가기 전에 알아본 거 보니까 스페인에서는 축구라면 사족을 못 쓰던데. 특히 분트가 마드리드에 있어서 더 그런 거 같아. 그래서 이 축구복 입은 캐릭터는 어때?"

"생뚱맞게 축구복 입고 분트 간판 훔치는 건 조금 이상할 거 같은데. 그리고 지역 팀을 좋아할 텐데 새로 만든 유니폼을 좋아할까?"

옆에 있던 범찬도 입을 열었다.

"축구복 입혀놓고 축구장에서 촬영하면 제작비 엄청 깨지지. 앞에 대사 할 사람들까지 구하면 제작비 모자랄걸?"

한겸은 피식 웃었다. 시나리오는 대부분 잡혀 있었다. 한국에서처럼 분트 사건이 터진 것도 아니었기에 직접 잘못한 점을 언급해야 했다. 그래서 우범이 스페인 분트에서 지난 10년간의 고객 불만 사항을 받았고, 불만 사항 중 가장 많이 나온 내용을 주제로 잡았다.

물품을 판매하는 서비스업인지라, 한국과 마찬가지로 소비자 불만 처리에 관한 내용이 주제가 되었다. 분트 매장 안에서 판매하는 피자에 이물질이 들어가 있었다는 문제를 시작으로 대부분 직접 제조하는 식품에 대한 문제였다. 이 부분은 미국 본사는 물론이고 스페인에서도 인정하고 많이 개선한 상태였다. 다만 개선되었다는 것을 사람들이 잘 모르고 있을 뿐이었다.

C AD에서는 개선되었다는 점을 부각시키기로 했다. 불만을 직접 노출시킨 뒤 그 부분을 수정하지 않으면 간판을 돌려주지 않겠다는 내용이었다. 스페인 측에서도 이미 개선되어 있던 부분이었기에 부담이 전혀 없었다.

한겸은 범찬의 말을 듣고는 구상한 내용을 접목시켜 봤다.

"배우도 넣기로 했으니까 범찬이 말처럼 축구장도 괜찮겠는데?"
"난 안 괜찮다고 했는데?"
"하하, 그럼 내 생각대로 축구장도 괜찮겠네. 아니면 다른 곳도 괜찮고. 만약 축구장이면 관객들 중에 분트에서 피자를 사온 사람이 갑자기 피자를 집어 던지는 거야. 그걸 뒤에서 분마가 보고 있었던 거지. 그리고 분트의 간판을 훔치는 거고."
"그거 제작비 엄청 든다니까? 꽉 찬 경기장 모습 보여주려면 경기 도중 촬영해도 된다는 허가도 받아야 된다. 아니면 엑스트라를 구해서 한다고 쳐. 그 많은 사람들 구하려면 난리 나는 거야."

한겸은 피식 웃었다. 예를 축구장으로 들었을 뿐이지 아직 장소는 정해지지 않았다. 사실 장소는 큰 문제가 아니었다. 지금 나온 대화처럼 축구장이 아니더라도 가정집이나 공원같이 사람이 있다면 어느 곳에서 촬영해도 문제가 없었다. 다만 문제는 가장 마지막 장면이었다.

분트 주변에 아무런 건물이 없다 보니 박재진을 어디에 세워 둬야 할지 난감했다. 사전 답사를 가려는 이유도 그 주변을 살펴

보기 위해서였다.

그때, 포스터 제작 팀 사무실에 가 있던 종훈이 돌아왔다. 한 겸이 계획을 짜야 했기에 종훈이 제작 팀에 어떻게 업무를 해야 하는지 알려주기로 한 상태였다. 그런데 돌아온 종훈의 표정이 약간 놀랍다는 표정이었다. 한겸은 그런 종훈을 보며 물었다.

"왜 그러세요?"

"윤 프로님 장난 아니네."

"왜요?"

"한겸이, 네가 사진 보고 전체적인 구도가 너무 좋다고 그랬잖 아. 그거 진짜인 거 같아."

종훈은 헛웃음을 뱉고는 자리로 가 컴퓨터를 켰다. 그러고는 작업 파일을 불러오더니 입을 열었다.

"지 대표님이 보낸 거 알지? 커피숍 포스터."

"네, 검은 배경에 빨간 머그잔."

"응. 그런데 네가 다시 해달라고 했잖아. 잠시만."

종훈은 다시 파일을 다운받더니 새로운 창에 다른 파일을 띄 웠다. 모니터를 보던 한겸은 얼굴을 좀 더 가까이 들이밀었다.

"어때?"

"좋은데요?"

"그렇지? 완전 좋지 않아? 카피를 안 썼는데도 완전 좋아."

한겸은 헛웃음을 뱉으며 목을 긁적거렸다. 분명히 어떤 카피를 넣어도 소용없었기에 다시 제작해 달라고 돌려보냈던 것이었다. 그런데 지금은 색이 보였다.

"어떻게 된 거예요?"

"주일기획에서 보내는 거 수정하는 것부터 알려줬지. 그래서 내가 알려줄 겸, 어떻게 바꾸는 게 좋겠냐고 물어봤더니 윤 프로님이 말하더라고."

"머그잔이 크다고요?"

"어. 이거 보더니 머그잔이 크대. 포토샵을 못 하서서 고 프로님이 수정했거든. 그러더니 위치를 내렸으면 좋겠다고 그러더라고. 그래서 내렸지. 그랬더니 휑하더라고."

"그래서 커피에서 나는 김으로 Coffee를 새긴 거예요?"

"응. 윤 프로님이 자긴 차가운 거 싫대. 그랬더니 느낌이 확 살더라고. 생각해 보니까 여름 다 지나갔고. 괜찮지?"

한겸은 헛웃음을 뱉었다. 종훈이 말한 대로 너무 괜찮은 포스터였다.

"주일기획 지 대표님한테 수정하지 마시라고 전화하고 이거 바로 보냈거든. 그랬더니 뭐라고 그랬는지 알아?"

"잘했대요?"

"어. 한겸이 네가 한 줄 알고 칭찬하더라. 내가 배워야 할 정도야. 고 프로님이랑 장 프로님도 잘하거든? 셋이 시너지가 엄청나. 윤 프로님이 말하면 두 분이서 막 수정하는데 속도가 장난 아니야."

"윤 프로님 말 잘하세요?"

"아니. 그게 좀 문제지. 의견을 굉장히 조심스럽게 얘기하고 누가 태클 걸면 바로 수긍하더라고. 그래도 두 분이 굉장히 잘해 줘서 그나마 괜찮은 거 같아."

"다행이네요."

한겸은 포스터를 보며 씨익 웃었다. 자신이 생각했던 것 이상의 실력을 보여주고 있었다. 아직 더 지켜봐야 하겠지만, 계속 이런 식으로 수정과 제작이 가능하다면 온전히 맡겨도 괜찮을 것 같았다. 그러다 보니 저렇게 대단한 재능이 그동안 빛을 발하지 못했던 것이 안타까웠다. 다른 팀원들도 마찬가지였는지 안타까워했다.

"윤 프로님 이런 실력으로 청소하고 있었던 거야? 진짜 말 그대로 재능 낭비네."

"방수정! 너 미화원 비하하냐?"

"뭐래. 실력이 아까워서 그런다고. 윤 프로님이 제대로 배웠으면 우리가 배웠을지도 몰라서 하는 소리야."

"오, 생각해 보니까 정말 교수님으로 만났을 수도 있겠네."

대화를 듣던 한겸은 피식 웃고는 종훈을 보며 말했다.

"형이 잘 알려주세요."

"알려주긴 할 텐데 내가 배우는 게 더 많을 거 같아."

서로 배우는 것도 좋은 일이었기에 한겸은 미소를 지으며 웃었다. 그때, 사무실 문이 열리며 우범이 들어왔다.

"김 프로, 사전 답사 계획 날짜 정했어?"

"네. 일단 가봐야 될 거 같아요. 일정은 3일 정도는 필요할 거 같아요."

"그럼 촬영 계획에 차질이 없으려면 다음 주에는 출발하는 게 좋겠군. 우리는 너만 가고 Do It에서는 방 PD님만 가는 거 맞지?"

"네, 맞아요."

그때, 한겸의 눈에 모니터에 띄워놓은 커피 포스터가 보였다. 그러자 좋은 생각이 났다. 윤 프로라면 분마가 서 있을 장소를 쉽게 찾을 수 있지 않을까 하는 생각이 들었다.

"대표님, 윤 프로님도 같이 가고 싶어요."

"윤 프로님? 혹시 청소하던 분이라고 불쌍하게 생각하는 거냐?"

"그런 거 아니에요. 청소하던 분이면 어때요. 실력만 좋으면 되죠."

"네가 그럴 사람은 아니지. 저번에 본 사진 때문이겠군. 오해한 거 사과하마."

곧바로 사과하는 모습에 한겸은 피식 웃었다.

"윤 프로님이 여권이 없을 텐데, 오늘 당장 만들어야겠군. 성수기도 아니니까 일주일이면 나올 거다. 윤 프로님한테 물어보고 일주일 뒤로 비행기 티켓부터 예매하마."

우범은 윤 프로를 만나려는지 곧바로 사무실을 나갔다. 그러고 잠시 뒤 돌아와서는 윤 프로가 허락했다는 말을 하고 돌아갔다. 그 말을 듣자 한겸은 벌써부터 윤선진이 어떤 장면을 추천할지 궁금했다.

$$* \qquad * \qquad *$$

일주일 뒤. 한겸과 일행은 스페인 마드리드 바라하스 공항에 도착했다. 가장 걱정했던 윤선진의 여권도 다행히 제때 발급되었다. 윤선진은 같은 자세로 너무 오래 비행기를 타서인지 무릎이 아파 잠시 쉬는 중이었다.

"오늘은 호텔 가서 쉬고 내일부터 답사 다녀봐요."
"아니에요. 괜찮아요."

윤선진은 자신 때문에 일정에 차질을 준다고 생각했는지 일어나려 했다. 그러자 방 PD가 한겸을 도와 윤선진을 말렸다.

"윤 프로님, 그러다가 문제 생기면 내일도 못 돌아다녀요. 오늘 푹 쉬어요."

"맞아요. 오늘은 푹 쉬세요."

"한겸이 너는 이따 나랑 술 한잔해야지."

한겸은 윤선진을 힐끔 보고선 말을 돌렸다.

"일 다 하고요. 그럼 일단, 대표님이 공항에 나가면 사람 있을 거라고 했으니까 가볼까요? 윤 프로님, 짐 저한테 주세요."

한겸은 윤선진의 짐까지 들고는 공항 밖으로 나왔다. 그러자 한글로 김한겸이라고 적힌 플래카드를 들고 있는 사람이 보였다.

"제가 김한겸입니다."

"아! 안녕하세요. 가이드 맡은 김한구입니다. 이름이 비슷하네요, 하하."

한겸과 일행은 차에 짐을 싣고 곧장 이동하기 시작했다. 차를 타고 이동하던 중 가이드가 입을 열었다.

"분트 가신다고요? 호텔 가는 길에 보실 수 있겠네요. 시내까지는 30, 40분 정도 걸릴 겁니다."

사진으로 보긴 했지만, 주변 배경까지 볼 수 있었던 건 아니었다. 한겸은 창밖을 보며 분트가 나오길 기다렸다. 그리고 잠시 뒤 분트가 보였다.

"잠시 멈췄다 갈까요?"
"네, 그래 주세요."

창고형 마트답게 굉장히 큰 부지를 사용하고 있었다. 한국에서 가장 큰 목동 분트의 배는 커 보였다. 주변도 굉장히 휑해 보였다. 뒷좌석에 있던 방 PD도 막막한지 난감한 표정으로 입을 열었다.

"이거 허허벌판인데? 전부 CG로 하는 것도 고려해 봐야겠어."
"그러게요. 너무 휑하네요."

한겸은 혹시나 싶어 룸미러를 통해 윤선진을 쳐다봤다. 윤선진은 해외에 나온 게 신기한지 마치 관광객처럼 신기해하며 구경하기도 했고, 무슨 생각을 하는지 급격하게 슬픈 표정을 짓기도 했다. 한겸은 그런 윤선진에게서 시선을 거뒀다. 그때, 손가락으로 창을 비비는 소리가 들렸다. 뒤를 돌아보니 윤선진이 창가에 무언가를 적고 있었다. 거울도 아니었기에 그저 손가락이 지나간 흔적밖에 보이지 않았다.

제6장

사전 답사

　한겹은 윤선진이 그린 것을 가만히 쳐다봤다. 'Boont'를 적은 것까지는 보였다. 하지만 다른 그림은 자국만 남아 잘 보이지 않았고, 자신의 자리에서 봐서인지 아무리 봐도 뭘 의미하는지 알 수가 없었다. 그때, 창밖을 보던 윤선진이 한겹의 시선을 느꼈는지 고개를 돌렸다.

"뭘 그리시는 거예요?"
"아, 촬영 장소 구하러 왔다고 해서 잠깐 보느라고요."
"뭘 보신 거예요?"
"어떤 위치가 좋을지 봤어요. 나였으면 어디에 있을까 하고요."
"자리는 찾으셨어요?"

윤선진은 어색한 표정으로 입을 열었다.

"자리라기보다는, 내가 분마였으면 어디에서 간판을 쳐다볼지 생각해 봤어요."

한겸은 다시 창밖을 봤다. 그러고는 윤선진의 말처럼 자신이 분마라면 어디에서 간판을 볼지 생각했다. 너무 뻥 뚫려 있는 것 같은 느낌에 좀처럼 어울리는 곳이 생각나지 않았다. 그에 고개를 돌려가며 윤선진이 그린 것과 배경을 비교했다. 그러던 중 윤선진이 'Boont'를 적은 위치가 창문의 가장 윗부분에 있다는 것을 알았다. 그리고 그 위에 찍은 점을 보자 한겸은 생각이 확실해졌다.

"저기 분트 간판 위?"
"어머… 진짜 신기하네요. 김 프로님은 제 생각을 진짜 잘 알아차리세요."
"그런가요. 이 창문 전체를 화면으로 생각하신 거죠? 건물 전체가 보이고 간판 위에 분마가 있는 거 맞나요?"

옆에서 윤선진이 그린 창문을 보던 방 PD도 그제야 알아차렸다는 듯 입을 열었다.

"간판 위였구나. 그럼 이 창문 전체를 앵글이라고 보면 그림이 괜찮겠는데? 사다리차 같은 거 대동해서 위에서 찍다가 내려와서, 가장 마지막에는 창문처럼 밑에서 위로 찍는 거지."

"그리고 간판 밑 벽에 카피를 적고요."

"그렇지. 좋은데?"

"내일 촬영 준비해서 다시 와봐요."

"그러자. 이야, 윤 프로님, 대단하신데요?"

한겸도 동의한다는 듯 고개를 끄덕거렸다. 그러자 윤선진이 부끄러운지 얼굴을 쓰다듬으며 말했다.

"그냥 저라면 어땠을까 생각해 본 거예요."

한겸은 룸미러를 통해 윤선진을 봤다. 이제 윤선진에 대해서 조금 알 것 같았다. 사진을 찍을 때나 포스터를 그릴 때, 마치 사물을 자신이라고 생각하고 가장 잘 보일 것 같은 장소를 찾았다. 그러다 보니 사물이 부각될 수밖에 없었다. 그래도 그건 윤선진만의 능력이었다. 자신은 색이 보인다 하더라도 일회용 컵이나 청소 도구를 자신이라고 생각하진 못했다.

한겸은 새삼 윤선진의 포트폴리오를 보내주었던 두선대 학생이 너무 고마웠다.

*　　　　　*　　　　　*

다음 날. 한겸과 일행은 식사를 한 뒤 곧바로 분트로 갔다. 스페인 측 관리자들과 잠깐의 미팅을 한 뒤, 한겸은 곧바로 분트

밖으로 나왔다. 간판을 우선적으로 고려하고 있었지만, 최대한 많은 자료가 있는 편이 좋았기에 건물을 빙빙 돌며 계속해서 사진을 촬영했다. 그러고는 측면에 달린 간판으로 이동했다.

"가까이서 보니까 엄청 크네요. 사다리차 언제 온대요?"
"이제 오겠지. 아까 관리자가 이거 단 지 얼마 안 됐다고 괜찮을 거라고 했잖아."
"그래도요. 직접 확인하는 게 나을 거 같아서요. 사고 나면 박재진 씨나 우리나 큰일 나는 거잖아요."
"그렇긴 하지. 그런데 촬영도 직접 사다리차에서 해야겠는데. 지미집으로 될 거 같으면 대여라도 할 텐데 너무 높아서 턱도 없겠어."

한겸은 간판에 직접 앉아볼 생각으로 사다리차까지 불렀다. 하지만 아직 차가 도착하지 않았기에, 세 사람은 간판을 보며 뒷걸음으로 이동했다.

"이 정도 어때요?"

한겸이 윤선진에게 물었고, 윤선진은 손을 모으고 간판만 가만히 쳐다봤다. 그러고는 한 발자국씩 이동하더니 이내 걸음을 멈췄다.

"여기 괜찮은 거 같지요?"

사실 큰 차이는 없었지만 윤선진이 본 대로 하는 게 나을 거라 생각한 한겸은 가져온 테이프를 바닥에 붙였다.

"윤 프로님 키가 몇이세요?"

"저 154요. 많이 작아요."

"방 PD님, 카메라를 윤 프로님 시선에 맞춰서 한번 촬영해 주시겠어요? 윤 프로님도 확인해 주세요."

그러자 방 PD가 고개를 끄덕이며 사진을 촬영했고, 윤 프로도 옆에 붙어 자신이 본 모습을 찾기 위해 카메라를 조금씩 움직였다. 잠시 뒤 촬영을 마치자 방 PD가 웃으며 입을 열었다.

"확실히 좋다. 약간 올려다보는 거 같아서 좀 더 높아 보이는 거 같네."

"그러게요. 그럼 저 위에서 모델이 어떤 포즈를 취하는 게 좋을까요? 제 생각은 서 있는 것도 위압감을 줄 수 있을 거 같은데."

"어차피 박재진한테 포즈 취하라고 할 거 아니야?"

"맞죠. 그 전에 생각해 보는 거예요. 윤 프로님이라면 어떤 포즈를 취하고 계실 거 같아요?"

윤선진은 잠시 고민하더니 입을 열었다.

"실제로 보니까 너무 높아서 무섭긴 하지만… 분마라면 김 프로님 말처럼 서 있을 거 같았어요. 그래서 처음부터 서 있는 모습 생각하고 정했거든요."

윤선진은 저 위에 자신이 서 있는 상상을 했는지 몸까지 떨었다. 한겸은 그 모습을 보며 피식 웃었다. 이제 광고에서 색이 보이도록 자신이 찾아내는 일만 남았다. 한국에서 미리 여러 사진을 챙겨 온 터라, 합성 작업을 하다 보면 색이 보이는 지점을 찾을 수 있을 것 같았다.

일주일 전부터 고민한 결과, 캐릭터는 조로와 비슷한 느낌으로 결정됐다. 색을 확인할 순 없었지만, 신중을 기해 가장 어울릴 것 같은 것을 선택했다. 기존 두루마기와 비슷하게 하얀 모자와 하얀 옷에 빨간 테두리로 장식했다. 안대까지 하얀색에 빨간 테두리였다. 문제가 될 수 있는 저작권 부분은 사무실에서 처리한 덕분에 수월하게 진행되었다.

박재진이 시간을 내줘서 조로 옷을 입고 사진을 촬영할 수 있었다. 덕분에 각각 다른 포즈로 엄청난 양의 사진을 가져올 수 있었다. 윤선진 덕분에 괜찮은 장소도 찾았고, 이제 남은 건 확인뿐이었다. 한겸은 서둘러 호텔로 돌아갈 생각이었다.

"저 호텔 들어가서 작업해야 할 거 같은데 두 분은 오신 김에 관광하실래요?"

"난 뭐 상관없는데. 윤 프로님 어떻게 하실래요?"

"들어가는 게 좋겠어요. 김 프로님 일하시는데 혼자 놀러 다닐 수 있나요."

"저 괜찮아요. 어차피 촬영할 때 또 와야 하거든요."

윤선진은 끝까지 아니라며 고개를 저었다. 불편한 마음으로
관광해 봤자 즐길 수도 없다는 생각에, 한겸도 끝내 윤선진의 의
견을 받아들였다. 그때, 윤선진이 갑자기 비틀거렸다. 한겸은 서
둘러 윤선진의 팔을 잡았다.

"괜찮으세요?"
"아아, 네. 아이고……."

윤선진은 손으로 무릎을 짚으며 어색하게 웃었다. 그 모습을
본 한겸은 윤선진이 공항에서도 무릎을 아파했던 게 떠올랐다.
가뜩이나 아픈데 분트 건물을 몇 바퀴를 돌았으니 통증이 온 모
양이었다. 한겸은 윤선진의 무릎을 주물러 줄 생각에 손을 댔
다. 그 순간 한겸은 인상을 찡그렸다. 그러고는 곧장 일어나서
휴대폰을 꺼내 들었다.

"분트 옆쪽으로 차 좀 가져와 주세요."
─어제 봤던 간판 밑이요? 거기 주차장 아니라서 힘든데."
"괜찮아요. 제가 책임질 테니까 들어오세요."
─네, 알겠습니다.

한겸이 통화하던 내용을 들은 윤선진은 손을 저으며 말했다.

"정말 괜찮아요. 잠깐씩 이래요."

"아니에요. 지금 무릎 많이 부으셨잖아요. 힘들면 힘들다고 말씀을 하셔야죠."

잠시 뒤, 가이드가 차를 가지고 도착했다. 한겸은 서둘러 윤선진을 태우고는 입을 열었다.

"근처 병원으로 가주세요."

"병원이요? 누가 다치셨습니까?"

"네. 무릎이 안 좋으셔서 그런데, 어디로 가야 하죠?"

"큰 병원 가면 대기만 몇 시간 할 텐데. 스페인이 좀 한국하고 달라요. 제가 아는 괜찮은 병원으로 모실게요."

"네, 그렇게 해주세요."

윤선진은 무척이나 미안한 표정으로 입을 열었다.

"저 정말 괜찮아요. 괜히 저 때문에 일하시는 데 방해되잖아요."

"방해 아니에요."

"진짜 괜찮아요. 잠깐 쉬면 돼요. 병원도 갔는데 그냥 무리하지 말라고만 했어요."

한겸은 그런 윤선진을 보며 단호하게 입을 열었다.

"가세요. 이번엔 오너 겸 출장 책임자로서 말씀드리는 거예요."

한겸은 평소라면 직책 따윈 신경도 안 썼다. 하지만 윤선진을 설득하기 위해서는 어쩔 수 없어 직책까지 들먹였다. 그러자 윤선진은 여전히 미안한 표정이었지만, 다른 말을 하지 않았다. 그 모습을 보던 방 PD는 한겸을 보며 미소를 지었다.

*   *   *

가이드가 안내한 병원은 그렇게 큰 병원은 아니었지만 갖출 건 갖춰져 있었다. 가이드가 접수를 하자 잠시 뒤 간호사로 보이는 사람이 휠체어를 가져왔다. 그리고는 진료실로 안내했고, 엑스레이를 촬영한 뒤 곧바로 외상센터로 이동해 또다시 진료를 받아야 했다.

"뼈는 문제가 없고요. 그런데 무릎이 약간 뒤틀려 있네요? 언제 다친 적 있습니까?"

가이드가 의사의 말을 통역하자 윤선진이 조심스럽게 입을 열었다.

"예전에 사고가 있었어요."
"어떤 사고였죠?"
"교통사고요."
"그게 언제죠?"

"20년 전에요……."

의사는 고개를 끄덕거리더니 입을 열었다.

"엑스레이상으로는 특별히 문제는 없어요. 교통사고 후유증 같은데, 아마 인대가 잘못된 것 같네요. 내일모레 출국한다고 하셨죠? 비행하는 데 힘들기는 하겠지만, 진통제 처방해 드릴 테니 한국에 가서서 CT를 찍어보시는 게 좋겠네요."

윤선진이 말한 것처럼 특별한 이상은 없었다. 그래도 병원에서 진료를 받고 나니 마음은 편안해졌다.

병원에서 나온 한겸은 윤선진을 물끄러미 봤다. 몸을 돌보지도 않으면서 열심히 사는 모습이 안타까웠다. 일단 호텔로 돌아가기 위해 차에 올라타자 방 PD가 입을 열었다.

"윤 프로님, 우리 나이에는 나중에 자식한테 폐 안 끼치려면 자기 몸 관리 자기가 해야 해요. 해외까지 나와서 아팠다고 그러면 얼마나 속상하겠어요."

윤선진은 어색한 표정으로 웃으며 대답했다.

"애가 없어요."
"아이고, 제가 실례를… 하긴 요새는 늙으면 다 요양원 가야 되는데. 남편분하고 알콩달콩 살면 좋죠."

한겸은 룸미러를 통해 윤선진을 보고 있던 중 윤선진과 눈이 마주쳤다. 윤선진이 무척이나 미안해하는 표정을 짓더니 입을 열었다.

"남편하고 사별했어요."
"아이고……."

방 PD는 흠칫 놀라며 더 이상 입을 열지 않았다. 윤선진은 여전히 미안해하는 표정으로 룸미러를 통해 한겸을 봤다. 그러고는 조심스럽게 입을 열었다.

"김 프로님… 죄송해요. 저 같은 사람이 편하게 일하면 안 된다는 걸 아는데, 그림 그리는 게 좋아서 하게 됐어요."
"네?"

한겸은 어떤 대답을 해야 할지 몰라 입을 다물었다. 그러자 윤선진의 말이 이어졌다.

"남편이 음주 운전으로 죽었어요. 그 사고로 다른 차에 있던 아저씨가 크게 다쳐서 결국 돌아가셨고요……."
"윤 프로님도 그때 다치신 건가요?"
"네, 그렇죠. 정말 죄송해요."
"저한테 죄송할 이유가 없죠. 그런데 같이 타고 계셨다면서 왜 안 말리셨어요?"

"제가 그때는 지방 공장에 다니고 있을 때여서 주말에만 서울로 올라왔거든요… 그래서 가끔 남편이 저를 데리러 왔었어요. 변명처럼 들리겠지만… 야간 근무를 해서 너무 피곤해 술을 마셨는지도 몰랐어요. 그리고 사고가 났고… 사고 조사하면서 그이가 술을 마셨다는 걸 알았죠… 참 바보 같았어요. 제가 조금만 더 신경을 썼었더라면."

한겸은 지금 이 상황을 어떻게 받아들여야 할지 난감했다.

"처음부터 말씀을 드렸어야 했는데 죄송해요. 저를 너무 진심으로 대해주셔서 숨기는 게 죄송했어요. 더 늦기 전에 말씀드려야 할 것 같았어요."

"회사 그만 나오시게요? 잘못은 남편분이 하신 건데요."

"그래야죠. 제 잘못이기도 해요. 제가 데리러 오라고 해서… 평생 죄인처럼 살았어야 하는데 잠깐 욕심을 부렸네요……."

한겸은 음주 운전으로 사고를 당한 줄 알았는데 사고를 낸 쪽이라는 말에 약간 멍했다. 그렇다고 윤선진을 놓치고 싶지는 않았다. 그때, 방 PD가 입을 열었다.

"어휴, 그게 왜 윤 프로님 잘못입니까! 술을 왜 마셔. 참나, 윤 프로님도 힘들고 피해자 가족들도 힘들고. 그게 뭐야!"

"네, 맞아요. 적게나마 보상해 드리고 있습니다."

윤선진의 말에 정작 놀란 이는 방 PD였다.

"20년 전이면 법도 거지 같아서 보험금도 탔을 거고. 그거 다 위자료로 나간 것도 모자라서 아직까지 주고 있다고요?"
"당연히 그래야죠……."

한겸은 윤선진을 물끄러미 쳐다봤다. 왜 그렇게 자기 몸을 혹 사시키면서까지 일을 열심히 했는지 조금은 이해되었다. 그렇다고 윤선진을 놓쳐서는 안 된다고 생각한 한겸은 곰곰이 생각했다.

*　　　　*　　　　*

한참을 생각하던 한겸은 룸미러를 통해 윤선진을 바라봤다. 포스터의 내용도 이해되었다. 카피가 왜 그렇게 극단적이었는지, 술병 안에 담긴 사람이 누구였는지 모두 다 알 것 같았다. 그녀는 스스로 죄인 같은 삶을 살고 있었다. 그렇다고 그녀도 피해자니 용서해 달라고 말할 수 있는 입장은 아니었다.
피해자의 입장에서 본다면 음주 운전을 한 남편의 아내일 뿐이었다. 한 가정을 망가뜨린 가해자의 아내였다. 하지만 한겸의 입장에서 보면 회사에 필요한 인재였기에, 손을 놓고 있을 순 없었다.
윤선진이 계속 일을 하게 하려면 일단 피해자의 마음부터 얻는 것이 가장 좋을 것 같았다. 하지만 이런 일을 해본 적이 없다 보니 어디서부터 시작을 해야 하는지 막막했다.

'내가 잘하는 거라고는 광고 만드는 거밖에 없네.'

혼자 생각하던 한겸은 갑자기 몸을 움찔거렸다.

"아, 광고."

한겸의 외침에 모두의 시선이 집중되었고, 한겸은 몸을 돌려 윤선진을 쳐다봤다.

"윤 프로님, 피해자 가족분들도 자신들이 겪은 일을 다른 사람이 안 겪었으면 하지 않을까요? 윤 프로님도 마찬가지고요."
"그렇겠죠……."
"그게 우리가 하는 일이에요. 포스터나 광고로 제품을 홍보하기도 하지만 사람들에게 경각심을 주기도 하고 위안을 주기도 하거든요."

윤선진이 고개를 끄덕이며 입을 열려 했지만, 한겸이 서둘러 말을 해 윤선진의 입을 막아버렸다.

"제가 오너로서 지시할게요. 예전에 그리셨던 음주 운전 포스터 있죠?"
"네……."
"그거 완성시키세요. 제가 봤을 때는 그건 완성이 된 게 아니에요. 제가 만족할 때까지 그걸 만드세요. 사람들이 포스터를 보고 음주 운전 할 생각이 들지 않을 정도로."

한겸은 다시 윤선진을 살펴본 뒤 말을 이었다.

"그 전까지 퇴사 못 하세요."

한겸은 제자리로 몸을 돌려 앉았고, 윤선진은 당황한 표정으로 입을 오물거리기만 했다.

*　　　　　*　　　　　*

호텔로 들어온 한겸은 한숨을 뱉으며 짐을 내려놓았다. 같은 방을 쓰는 방 PD도 짐을 내려놓고선 한겸의 등을 두드렸다.

"이야, 대단하던데?"
"뭐가요?"
"일석이조 노린 거 아니야? 일석삼조인가? 윤 프로님도 붙잡고 피해자도 마음을 풀 수 있게 만들면서 그 포스터로 제안서 내서 광고 따 올 거잖아."

방 PD는 시작 단계부터 함께해서인지 C AD가 처음 추구하던 방향을 정확히 알고 있었다. 한겸은 처음 C AD를 만들 때 초대 받지 못한다면 찾아가겠다는 마음으로 회사를 만들었다. 그리고 지금은 인지도가 올라간 만큼 자신 있었기에 뱉은 말이었다. 물론 윤선진이 포스터를 제대로 제작해야 한다는 전제가 붙어 있었지만, 한겸은 윤선진을 믿고 있었다.

"왜? 아니야? 그런데 어떻게 보면 윤 프로님도 불쌍하다. 혼자서 얼마나 힘들었겠어. 혼자 살아남아서 온갖 욕을 다 먹고 살았을 텐데. 사람은 정말 착한 거 같은데 안됐어."

"그렇게라도 해야지 마음이 조금 편안해지니까 하셨겠죠."

한겸은 잠시 윤선진을 생각하고는 한숨을 뱉었다. 더 이상 할 수 있는 게 없었고, 뭘 하려 해서도 안 될 것 같았다.

"내 일이나 해야지. 방 PD님, 오늘 촬영한 것 좀 주세요."

"작업하게?"

"해야죠. 스케줄 빠듯하게 잡혀 있어서 저희 돌아가도 바로 다시 와야 돼요."

"기다려 봐. 바로 줄게."

잠시 뒤, 방 PD에게서 사진을 건네받은 한겸은 곧바로 사진부터 확인했다. 상당히 많은 양이었기에 사진만 확인하는 데도 꽤 오랜 시간이 걸렸다.

"후, 확실히 윤 프로님이 고른 곳이 좋네요."

"그렇지? 수정이가 컴퓨터는 만질 줄도 모르면서 포스터 작업은 끝내주게 하는 사람이라고 그래서 기대했는데, 배경 잡는 것만 봐도 대단하더라고."

한겸 역시 인정하고 있었다. 이러다 보니 놓칠 수가 없었다. 한겸은 윤선진에 대한 생각을 떨치기 위해 머리를 흔들고선 곧바로 작업을 시작했다. 한참을 작업 중일 때 방 PD가 고개를 갸웃거리며 물었다.

"매번 볼 때마다 느끼는 건데 진짜 신기하단 말이야. 뭐가 보여? 뭐가 보이는 사람처럼 그래."
"네, 보여요."
"농담하지 말고. 사진 올려놓고 계속 크기 줄이고 위치 바꿔보고, 귀찮지도 않아?"
"귀찮아도 잘 나오려면 해야죠. 전 다 보이거든요."
"실없기는."

한겸은 피식 웃으며 작업을 이어나갔다. 여전히 배경은 회색이었다. 박재진이라도 색이 보이면 일이 수월했을 텐데, 광고 배경이 마트 전체다 보니 박재진이 알맞은 위치를 찾아야 색이 보일 터였다. 그래도 다행히 배경이 빨간색은 아니었기에 한겸은 만족하며 작업에 몰두했다.

한겸은 박재진을 분트 간판의 스펠링 중 B자 위에서부터 올려놓기 시작했다. 먼저 서 있는 포즈들만 따로 분류해 둔 폴더에서 팔짱을 낀 왼손에는 밑을 향한 레이피어를 들고, 오른손은 얼굴 전체를 가리고 있는 박재진을 불러왔다. 그리고 B자 위에 올리자마자 박재진이 노랗게 변했다.

"캐릭터 제대로 골랐네."

"그거? 난 전에 분마가 예스러워서 더 좋던데. 이건 너무 세련돼 보이잖아. 이러다 한국 사람들한테 욕먹는 거 아닌지 몰라."

"안 먹어요. 어차피 두루마기에서 변신하는 건데요. '분마는 하나다'라고 말씀드렸잖아요."

"하하, 알지."

다른 건 볼 필요도 없었다. 이미 시작부터 색이 보였기에 카피만 제대로 작성하면 완전한 색이 보일 확률이 높아졌다. 한겸은 웃으며 카피를 적기 시작했다. 마지막 카피는 언어만 다를 뿐 '내 그대들의 한을 풀기 위해서라면 악인으로 살아가리다'를 그대로 사용했다. 그것 역시 한국에서 이미 다 준비해 온 상태였다. 한국 분마 광고에서 사용한 것처럼 세로형도 있었고, 가로형까지 준비했다. 분트 간판 밑에 적어두는 게 가장 좋아 보였다.

한겸은 카피를 넣기 시작했다. 예상한 대로 카피가 노란색이었다. 한겸은 미소 지으며 완전한 색이 보이길 기다렸다.

"어? 왜 이러지?"

"뭐가? 노트북 고장 났어?"

"아니에요. 아, 이상하네."

화면 속 박재진과 카피는 노란색으로 보이는데 배경은 여전히 회색이었다. 배경이 회색일 때가 가장 난감했다. 어울리지 않는 것일 수도 있지만, 무언가가 빠져 있을 수도 있었다. 한겸은 답답한 마음에 머리까지 헝클어뜨리며 화면을 봤다.

"뭐가 잘못됐을까?"

"수정이가 너 중얼거린다고 그러더니 진짜 계속 중얼거리는구나."

"방 PD님이 보시기에는 뭐가 이상한 거 같아요? 배경은 굉장히 좋은 거 같은데."

"전체적으로 엄청 좋은데?"

"그런가……."

"그런데 간판 지우면 공중에 떠 있는 거 같고 멋있겠네. 진짜 초능력자 같겠다, 하하."

"아! 간판 지워야 되는구나."

한겸은 곧바로 간판을 지우기 시작했다. 간판이 화면의 반을 차지하고 있어 생각보다 작업이 오래 걸렸다. 그리고 모든 간판을 지웠을 때, 색이 변하기 시작했다.

"하하! 됐다. 끝났어요!"

"벌써? 맨날 위치 왔다 갔다 하고 난리도 아니었는데 이번에는 엄청 빠르네."

"배경을 한 번에 정해서 그렇죠. 너무 좋았어요."

"이럴 줄 알았으면 박재진 사진 조금만 찍을걸."

한겸은 피식 웃고는 작업하던 것을 저장했다. 그러고는 혹시
나 싶어 다른 포즈의 박재진을 불러왔다. 이번에도 역시 서 있
는 포즈였지만 조금 달랐다. 레이피어는 허리춤에 찬 채 왼손을
뒷짐을 지고, 오른손은 아까와 마찬가지로 얼굴을 가리고 있었
다. 한겸은 그 사진을 배경에 올려두었다. 그러더니 화면을 보며
씨익 웃었다.

한겸은 또 다른 사진들도 올려보기 시작했다. 한참이나 작업
을 한 뒤에야 한겸은 만족한 듯 기지개를 켰다.

"이렇게 좋은데 어떻게 그냥 가게 둬."
"뭘 가?"
"배경이 너무 좋아서요."
"윤 프로님 말하는 거구나. 다 했어? 그럼 윤 프로님 방에서
룸서비스 불러서 밥 먹자. 나가기 힘드실 테니까."
"그래요."

한겸은 윤선진에게도 작업한 것을 보여줄 생각으로 노트북을
챙겼다.

*　　　　　*　　　　　*

윤선진은 호텔로 돌아와서부터 지금까지 테이블에 내내 앉아

있었다. 자신은 그럴 자격이 없는 사람임에도 한겸이 자신을 챙겨줄 때마다 행복했다. 자식이 있었으면 좋겠다는 생각을 할 정도로 행복했다. 하지만 무릎이 아프고 나니 지울 수 없는, 지워서는 안 되는 일이 다시 생각나 버렸다.

자신은 행복해서는 안 됐다. 피해자의 가족인 부모가 살아계실 동안만이라도 죄인으로 살아야 했다. 10년이 지났을 때, 피해자의 가족은 더 이상 오지 말라며 이제 괜찮다는 말을 해줬다. 하지만 그럴 수 없었다. 노부부에게 가족이라고는 피해자 한 명뿐이었다. 남편과 자신은 그 부부를 부양해 줄 사람을 죽인 거나 다름없었다. 윤선진은 시간이 있을 때마다 그들을 찾아갔고, 찾아갈 때마다 사과를 했다. 몸과 마음 모두 힘들었지만 해야만 하는 일이었다.

그런 생각으로 한겸에게 사실을 말했다. 그런데 한겸이 자신을 붙잡았다. 그 말을 듣는 순간, 그래서는 안 된다고 생각하면서도 무척 행복했다. 그래서 잠시나마 자신을 행복하게 만들어 준 한겸에게 보답하기 위해, 한겸이 맡긴 마지막 지시를 생각하고 있던 중이었다.

예전에 만든 음주 운전 포스터는 자신이 봐도 아니었다. 학생들을 위해 그렸다고 스스로 위안을 삼았지만, 사실은 그저 자신의 힘든 상황을 누군가가 알아봐 주길 바라는 마음만 담겨 있었다. 분노와 슬픔만 담긴 그림이었다.

윤선진은 어떻게 해야 한겸이 말한 것처럼 포스터를 만들 수 있을까 생각했다. 포스터를 보고 음주 운전을 하지 않을 정도로 만들 수 있을지 궁금했다. 그러다 또 노부부가 생각나 다시 입술을 깨무는 일이 반복되었다. 좀처럼 진행이 되지 않았다.

그때, 벨을 누르는 소리가 들렸다.

"네, 나갑니다."

문을 여니 한겸과 방 PD가 기다리고 있었다. 두 사람이 안으로 들어오며 말했다.

"윤 프로님, 식사하셔야죠."
"전 괜찮아요."
"약 먹으려면 식사는 하셔야죠. 아까 밥 먹고 약 먹으라고 했잖아요. 스테이크로 드세요. 파스타 같은 건 싫잖아요. 한겸이 너도 스테이크 먹을 거지?"

방 PD는 곧바로 룸서비스를 신청했고, 테이블에 앉은 한겸은 윤선진을 보며 물었다.

"침대에서 좀 쉬시지 그러세요."
"쉬었어요."
"침대 그대로인데요."
"……."

한겸은 내색하진 않았지만 안타까웠다. 괜히 다른 말이 나올 수도 있었기에, 한겸은 서둘러 들고 온 노트북을 펼쳤다. 그리고는 윤선진에게 보여주었다.

"가장 마지막 장면은 이렇게 촬영이 될 거예요. 윤 프로님 덕분에 쉽게 끝낼 수 있었어요."
"멋지네요……."

한겸은 조그맣게 한숨을 뱉고선 말했다.

"좋아하셔도 돼요. 포스터 제작될 때까지는 저희 직원이니까 자격 있으세요. 이건 엄연히 다른 일이에요."
"네, 좋아요. 정말 멋지네요."
"정말 잘 나왔어요. 엔딩이 쉽게 나와서 촬영도 크게 걱정하지 않아도 될 거 같아요."
"김 프로님은 정말 대단하세요."
"저요? 저보다 윤 프로님이 훨씬 대단하세요."

만약 눈에 색이 보이지 않았다면 윤선진과 비교할 수도 없다는 걸 잘 알고 있는 한겸은 씁쓸하게 웃었다.

"윤 프로님은 포스터에서 말하고자 하는 것을 자신이라고 생각하고 만드시는 것 같아요. 동일화가 아무나 되는 게 아니거든요."
"저는 그냥 나라면 어땠을까 하고 그런 거밖에 없어요."
"그게 대단한 거예요."

윤선진은 한겸이 자신을 너무 높게 평가하고 있다고 생각했다. 자신에게 그런 능력이 있다면 음주 운전 포스터도 고민할 필요가 없었을 것 같았다. 그런 생각을 하던 윤선진은 문득 한겸의 말에서 무언가를 얻었다. 어떻게 시작해야 할지 고민할 필요가 없었다. 자신이 바로 당사자였다. 그 순간 윤선진이 나지막한 목소리로 입을 열었다.

"나는 음주 운전 가해자의 아내입니다."

그 말을 들은 한겸은 순간 소름이 돋았다. 윤선진의 표정이며 말투며, 지금 그대로 포스터로 제작해도 될 것 같았다.

제7장

최나방

한국으로 돌아오기 전 미리 연락한 덕분에 공항에는 직원이 마중을 나와 있었다.

"장 프로님, 죄송한데 저는 알아서 갈 테니까 윤 프로님 좀 병원까지 데려다주세요."

우범에게 설명을 들었는지 직원은 곧바로 윤선진을 데리고 갔다. 그 모습을 보던 방 PD가 피식 웃으며 입을 열었다.

"아주 직원 사랑이 대단하다."
"걱정돼서 그렇죠."
"아무튼 그렇다고. 데려다줄게, 가자. 집으로 갈 거야?"

"아니요. 아직 낮이니까 바로 회사 가야죠. 괜찮으시겠어요?"
"응, 신정동에서 금방 넘어가."

방 PD가 공항 주차장에 주차를 해둔 덕분에 수고를 덜 수 있었다. 차가 출발하고 공항을 빠져나오자 방 PD가 휴대폰을 보는 한겸에게 말을 걸었다.

"윤 프로님 사진 봐?"
"네."
"찍으래서 찍긴 했는데 그거 보면 마음이 좀 아리더라."
"그렇죠."
"깜짝 놀랐어. 자기가 자기 사진 좀 찍어달라고 해서."

윤선진이 갑자기 사진을 찍어달라고 했다. 양손을 가운데로 모으고 고개를 약간 숙이고 있는 모습이었다. 한겸은 윤선진이 그 사진을 보고 그림을 그려서 포스터를 완성시키려는 것은 알았다.

식사를 하고 방으로 돌아온 한겸은 궁금한 마음에 윤선진이 말했던 문구를 사진 위에 넣어봤다. 급하게 작업을 한 탓에 배경은 회색이었다. 윤선진은 노랗게 보였지만, 카피는 회색이었다. 한겸은 조금만 수정한다면 색이 보일 것이라고 확신했다. 수정을 해볼 생각도 있었지만 완성은 윤선진이 하는 게 옳다고 생각했기에 건드릴 수가 없었다. 그 카피와 윤선진의 표정을 보고만 있어도 가슴이 울렁거렸다.

나는 음주 운전 가해자의 아내입니다.

한 번 보면 계속 윤선진의 얼굴이 생각나게 만드는 포스터였다.

＊　　　　＊　　　　＊

회사로 돌아온 한겸은 보고부터 하고 나서야 사무실에 자리할 수 있었다.

"겸쓰, 내 선물은?"
"아무것도 못 샀지. 나 스페인 가서 돌아다닌 곳이 공항, 분트, 호텔이 끝이야."
"아, 맞다. 윤 프로님 아파서? 괜찮으시대?"
"응. 지금 병원 가셨을 거야."
"난 엔딩 신을 이튿날에 보냈길래 후딱 하고 관광했을 줄 알았네."

한겸은 피식 웃고선 팀원들에게 물었다.

"엔딩 다 봤지?"
"응, 임시로 촬영한 건데도 엄청 좋더라. 그대로 내보내도 되겠어."
"그래서 스케줄 그대로 진행하게 될 거 같아요. 촬영 당일에 스페인 분트 관계자도 자리한다고 했고, 우리 쪽에서는 나만 가게 될 거 같아요."
"알지. 너랑 윤 프로님 없으니까 포스터도 우리가 맡아야 되

최나방 217

잖아."

"네. 일하러 가는 거니까 섭섭하게 생각하지 말고요. 범찬이랑 수정이도."

"난 괜찮아."

수정은 대답을 한 뒤 곧바로 말을 이었다.

"시나리오 네가 말했던 거 위주로 두 개 완성했어. 지금 볼래?"

"응, 보여줘."

수정은 곧바로 시나리오를 들고 와서 설명했다.

"스페인에서 가장 먹힐 것 같은 거는 공원보다 가정집이야. 왜 가정집으로 했냐면 일단 화를 나게 만들어야 해. 데이터 보면 축구 경기 볼 때 그런 경우가 가장 많이 생겼거든."

"그래서 축구를 보면서 식사하려고 피자를 산 거네."

"응, 피자 토핑이 무척 허술한 피자야. 벌레나 머리카락 같은 건 문제가 커지거든. 그리고 축구 경기를 넣은 이유는 기분 좋게 경기를 보려고 했는데 허술한 피자 때문에 기분을 망쳤다는 걸 보여주기 위해서야. 주변 사람들이 당장 바꿔 오라고 해서 바꿔 오는 동안 전반전이 끝나는 거지. 그렇게 다시 뚜껑을 열었는데 또 똑같아. 그러자 옆에 있던 사람들이 다시 다녀오라고 손가락으로 문을 가리키는 거야."

"괜찮은데? 구성이 되게 좋다."

"스페인 배달 문화가 우리나라처럼 활발하지 않다는 걸 이용했어."

수정이 자신의 능력을 발휘해서 데이터를 토대로 만든 시나리오였다. 바쁜 일정 탓에 한겸은 주제만 던져주고 갔는데, 팀원들이 앞부분의 시나리오를 완성해 놓았다. 이대로 진행해도 문제가 없을 것 같았다.

"그리고 네가 말한 대로 박재진 씨 넣으려면 벽지가 가장 적당했거든."
"응, 하얀 벽지에 빨간 테두리. 좋은데? 여기서 CG로 나오는 걸로 하면 되겠다."
"네 말처럼 하긴 했는데, 그럼 좀 남의 집에 숨어 있는 거 같지 않아? 그래서 생각해 봤는데, 빌딩 옥상에 있어도 다 들리는 거 어때?"
"벽지로 해도 괜찮을 거 같아. 분트는 언제나 여러분의 곁에 있습니다. 분트는 분마와 하나니까. 이런 의미 괜찮잖아."

한겸의 말이 끝나자 범찬이 수정을 보며 피식 웃었다.

"내 말이 맞지? 꼼수가 대단해."

수정마저 고개를 끄덕이는 모습에 한겸은 피식 웃었다.

"그럼 최종 시나리오는 끝이고, 촬영은 한국에서 하는 걸로

정한 거지? 이대로 대표님한테 보내 드린다? 빨리 보내야지 세트
장 완성해."

"응, 바꿀 거 있으면 현장에서 바꿔도 되니까."

공원이라면 스페인 현지에서 촬영을 했겠지만, 스페인 가정집
은 한국에서도 구현이 가능했다. 한겸은 시나리오를 보며 만족
한 미소를 짓고 입을 열었다.

"박재진 씨 대사 스페인어로 번역해서 보내 드려야겠다."

"뒷부분은 보내줬어."

"벌써?"

"앞부분은 어차피 대사가 없잖아. 그래서 뒤에만 다 보냈지.
우리 홈페이지 전문가 중에 스페인어 교수님도 있거든. 그래서
쉽게 했어."

"빠르네."

"박재진 씨가 너 간 날부터 계속 전화해서 연습한다고 대사
달라고 하는 바람에 확정된 뒷부분만이라도 넘겨준 거야."

"박재진 씨는 여전히 열심이네."

박재진을 생각하니 피식 웃음이 나왔다. 한겸이 웃을 때, 사
무실로 우범이 올라왔다.

"장 프로한테서 연락 왔다."

"병원 진료 받으셨대요?"

"그래, 십자인대가 손상됐다고 하더라. 수술해야 해서 3주간은 입원을 해야 된다고 하더군. 그 이후로도 재활치료를 받아야 한다고 했다."

"입원 기간이 꽤 기네요."

"그래서 네 의견을 물으러 왔다. 새로운 직원을 구해야 하는지, 아니면 지금으로 버텨야 할지."

한겸의 생각은 이미 정해져 있었다. 새로운 직원을 구하는 한이 있더라도 윤선진을 기다려야 했다. 하지만 무턱대고 기다리게 할 순 없었기에, 한겸은 윤선진에 대한 얘기를 해야 하는 건지 고민했다. 잠시 고민하던 한겸은 결정했다는 듯 휴대폰을 꺼냈다. 윤선진이 포스터를 완성하는 순간 알려질 일이었다.

"이거 한번 보세요. 다들 한번 봐."

휴대폰을 건네받은 우범은 화면을 봤다. 그러고는 이내 인상을 찡그렸다.

"윤 프로님이군."

"나는 음주 운전 가해자의 아내입니다? 겸쓰, 이게 뭐야? 카피가 뭐가 이렇게 섬뜩해?"

한겸은 한숨을 뱉고는 스페인에서 있었던 일을 설명했다. 그러자 모두의 표정이 일그러졌고, 그중 종훈이 안타까운 표정으로 입을 열었다.

"그 술병 안에 있던 사람이 윤 프로님이었구나. 회식에서 술도 안 드시고, 술 먹고 가는 사람 전부 확인한 게 그래서였네."

"맞아요."

"너무 불쌍하다. 피해자 가족한테 미안해하는 건 알겠는데 남편 잘못이지 자기 잘못은 아니잖아. 그런데도 죄인처럼 살겠다는 거야?"

"네. 스스로 자신 탓이라고 생각하시더라고요."

그때, 화면을 한참이나 보던 우범이 입을 열었다.

"그래서 회식에 오라고 했을 때 안 가면 안 되냐고 그랬던 거였군."

"그랬어요?"

"그래, 첫 대면 자리라고 꼭 참석하라고 해서 참석하신 거다. 미련하다고 해야 되나… 좋은 사람이라고 해야 되나. 이번만큼은 나도 구분이 안 되는군."

다들 우범의 말에 동의한다는 듯 고개를 끄덕였다. 우범은 한숨을 크게 뱉더니 입을 열었다.

"그래서 이걸 완성해 오라고 했다고?"

"네. 그거로 광고하려고요. 완성 안 된 포스터인데 느낌이 묘하죠?"

"그래. 이거 보니까 기분이 별로 안 좋다. 만약 내가 음주 운전을 해서 죽었을 때, 남은 가족은 죄인처럼 살아야 할 그 모습이 상상되는군."

"저는 운전도 못 하는데 그런 생각이 들었어요."

"그런데 이러면 공익광고협의회에서 공모전을 하든, OT를 하든지 해야 포스터를 내보낼 수 있을 텐데?"

우범의 말에 옆에 있던 범찬이 입을 열었다.

"겸쓰 또 유비처럼 하려고 그러는 거예요. 대표님도 아시잖아요. 막 여기저기 찾아다니는 거."

"아, 그렇군."

잠시 생각하던 우범은 피식 웃더니 말을 이었다.

"지금 우리라면 가능성은 높겠군. 그래도 당장은 모르는 척하는 게 좋을 거 같다. 일단 완성이 되면 그때 얘기하도록 하자."

"네, 다들 모르는 척하는 게 좋을 거 같아요."

"지금은 촬영 준비나 잘 하고 있어라."

그러자 수정이 곧바로 우범의 손에 서류를 건넸다.

"제작 계획서예요. 나머지는 사무실 팀이 하셔야 되는 거예요. 오신 김에 설명해 드릴게요."

수정은 우범에게 제작에 대한 설명을 했고, 설명을 들은 우범은 고개를 끄덕거렸다. 그러고는 매우 만족한 표정으로 한겸을 봤다.

"다들 일 보고 김 프로는 나 좀 보자."

*   *   *

한겸은 사무실이 아닌 건물 옆 커피숍으로 이동했다. 우범은 금방 온다며 먼저 가 있으라고 했다. 혼자 커피숍에 있던 한겸은 우범이 무슨 말을 하려는지 궁금했다. 일에 대한 얘기라면 팀원들이 있는 자리에서 했을 것이기에 다른 얘기를 할 것 같았다. 그때, 우범이 서류를 들고 커피숍에 들어왔다.

"이거 한번 봐라."

"이게 뭔데요?"

"의뢰 온 회사들이다. 박순정 김치 이후부터 시작해서 분트 광고까지 소위 대박 친 광고를 우리가 제작했다 보니까, 의뢰가 상당히 많아. 지금은 기획 팀 인원이 없어서 분트 광고에만 매달리고 있지만 계획이 끝난 이상 새로운 일을 해야 한다."

"그렇죠."

한겸은 고개를 끄덕였지만 여전히 의문은 가시지 않았다. 이런 얘기라면 사무실에서 해도 되었다. 한겸은 일단 우범이 건넨 자료를 봤다.

"엄청 많네요."

"인바이트도 많이 왔다. 그건 기간이 있어서 어쩔 수 없이 포기했다."

"휴, 이거 보니까 조금 실감이 나네요."

"사무실에 있으면 매일 느낀다."

우범은 피식 웃더니 입을 열었다.

"아까 방 프로가 계획서 작성한 거 보니까 그 정도면 팀을 나눠도 될 것 같은데?"

한겸은 우범의 말을 이해하지 못한 표정이었다. 그러자 우범이 미소를 지으며 말했다.

"각자 팀을 맡아서 진행해도 되겠다는 말이다."

"팀 나눠서요?"

"당장은 아니겠지. 일단 너는 분트 광고를 신경 써야 하니까 너는 제외하고, 세 사람이 되겠지. 내가 봤을 땐 각자 색깔이 확실하거든."

우범은 미소를 지은 채 자신이 본 팀원들의 장점을 말했다.

"최 프로는 사람들을 즐겁게 할 수 있는 방법을 잘 알고 있는 기획자다. 나 프로는 사람들이 공감할 수 있는 걸 제작할 수 있고. 그리고 방 프로는 데이터를 기반으로 광고를 제작하지."

"그렇죠."

"그리고 너는 세 사람의 의견을 잘 종합하지. 그게 가장 어렵다고 볼 수 있고."

"그럼 팀원들이 광고를 맡는 거예요?"

"어떨까 해서 물어보는 거다. 세 사람이 잘할 수 있을 것 같으면서도, 네가 없이도 잘할 수 있을지 약간 걱정도 되거든."

"잘할 수 있을 거예요. 한번 맡겨보세요."

한겸은 우범의 말을 가만히 생각했다. 예전에 우범이 처음 미래 구상을 설명했을 때 이미 의뢰에 따라 유동적으로 팀을 구성하자는 얘기를 했었고, 모두가 그 의견에 동의한 상태였다. 아직 기획 팀 인원이 부족하지만, 이제 그 단계를 시작하려는 것 같았다. 그러다 보니 한겸은 세 사람이 잘할 수 있을까 걱정되기도 하면서, 한편으로는 우범에게도 인정받은 것 같아 기분이 좋았다.

"어떤 광고 생각하고 계세요?"

"규모가 큰 것보다 작은 것이 좋을 것 같다. 그래서 내가 생각한 건, 지금은 분트도 맡고 있으니까 부담 가지 않는 선에서 라디오 광고가 어떨까 한다."

라디오 광고라는 말에 한겸은 순간 움찔했다. 라디오 광고는 목소리로만 진행되어야 하는 광고였다. 그러다 보니 색이 보일

리가 없었다.

"아까 대화하다가 우리한테 들어왔던 의뢰가 떠오르기도 했고. 세 사람한테 적당한 것 같아 고른 거다. 한국방송광고진흥협회라고 공공기업에서 먼저 신규 거래 회사로 등록해 달라고 연락이 왔다. 그래서 등록하면서 보니까 라디오 광고 입찰공고를 올려뒀더군. 예산은 많지 않지만, 기획 팀에게 괜찮겠지?"

잠시 멍해 있던 한겸은 이내 고개를 끄덕거렸다. 자신에게 맡긴 광고가 아니라 세 사람에게 맡긴 광고였다. 우범이 골라 온 광고라면 자신이 없더라도 세 사람이 잘할 수 있을 것 같았다. 만약에 세 사람이 성공적으로 마무리 짓는다면 윤선진의 일에도 도움이 될 것이었다.

＊　　　　＊　　　　＊

사무실로 올라온 한겸은 자리에 앉지도 않고 팀원들을 가만히 바라봤다. 그러자 범찬이 인상을 쓰며 입을 열었다.

"그 아빠 미소는 뭐야. 하마터면 아빠라고 부를 뻔했네."
"하하, 좋아서 그래."
"무슨 일인데? 대표님하고 무슨 얘기 했어? 혹시 우리 한강 아파트에 더 가까워진 거야?"
"그건 아니고. 모여봐."

팀원들은 고개를 갸웃거리며 사무실 가운에 놓인 테이블로 모였다. 그러자 한겸이 테이블 위에 우범에게 받았던 서류를 올려놓았다.

"한번 봐봐."
"한국방송광고진흥협회?"
"응."
"이거 우리가 맡는 거야?"

한겸은 씨익 웃고는 입을 열었다.

"맡는 건 아니고, 입찰 받아야지. 그런데 난 빼고 셋이서 해야 해."
"진짜? 갑자기 왜? 대표님이 그러래?"
"응, 난 분트 전담으로 맡고. 계획은 다 짰지만, 촬영은 남아있으니까."
"오… 살짝 겁나는데?"

범찬의 말에 옆에 있던 종훈이 범찬의 어깨를 두드렸다.

"해보면 별거 아니야."
"참, 한 번 해봤다고 사람이 달라지네."
"하하, 원래 그런 거야. 그런데 어떤 광고야?"

한겸은 웃으며 서류를 가리켰다. 그러자 세 사람은 서류를 살폈고, 그중 종훈이 범찬을 쳐다봤다. 범찬은 피식 웃더니 입을 열었다.

"뭐야. 이거 우리 아부지한테 물어봐야 되나?"

"범찬이 네가 정보를 잘 얻을 수 있을 것 같았거든. 이거 괜찮을 거 같아."

"이야, 우리 아부지한테 감사해야겠네."

수정이 의아한 표정으로 보자 범찬이 피식 웃으며 입을 열었다.

"내용은 겨울철 불조심인데 최범찬이 왜?"

"우리 아부지 소방공무원이었거든."

"그랬어?"

"어, 아부지 덕을 많이 보네. 군대도 6개월밖에 안 갔다 오고."

"그러네. 너랑 한겸이랑 군대 갔다가 바로 왔지? 생각해 보니까 이상하네. 정말 갔다 온 거 맞아?"

"갔다 왔잖아. 한 학기. 그래서 반년 늦게 졸업하는 거 아니야."

"그건 너 학점 낮아서 그런 거고. 그리고 무슨 군대를 한 학기에 다녀와."

"나 국가유공자라서 6개월 하면 되거든? 우리 아부지가 양양산불 끄다가 다쳤거든."

수정은 자신이 너무 가볍게 말을 던졌다고 생각했는지 미안한 표정을 지었다. 그러자 범찬이 마구 웃으며 말했다.

"뭐야, 네가 불냈구나? 얼굴이 딱 범죄형이야."
"넌 진짜 미친 거 같아."
"크크, 왼쪽 팔에 화상 입어서 그렇지 괜찮으셔."

범찬은 피식 웃더니 서류를 들어 올렸다. 그러고는 천천히 읽어 내려갔다.

"이거 근데 공익광고 어려울 거 같은데. 불조심하라는 걸 뭐라고 해야 해."
"생각해 보니까 그러네."
"겨울철 산불 조심하십쇼. 이거밖에 더 있어?"
"멍충아, 그러니까 맡긴 거 아니야."

한겸은 어느새 머리를 맞대고 있는 세 사람을 보며 피식 웃었다. 범찬의 아버지를 보진 못했지만, 범찬에게서 들은 적 있었다. 범찬은 왼쪽 팔 전체에 화상을 입어서 소방관을 그만두셔야 했다는 얘기를 자랑스럽게 하곤 했다. 자신의 아버지가 대한민국의 산이란 산이 다 탈 뻔한 걸 막으셨다며 장난스럽게 덧붙이면서.
　세 사람은 곧바로 일을 시작할 기세로 의견을 나누었다. 하지만 시작이 잘 잡히지 않자, 범찬이 휴대폰을 꺼냈다.

"우리 아부지한테 전화해야겠다. 겸쓰, 너도 인사나 드려."

범찬은 아버지에게 물어볼 생각인지 곧바로 전화를 걸었다. 그러고는 스피커폰으로 바꾼 뒤 테이블에 내려놓았다.

—어, 아들. 안 죽었어?

"뭔 소리를 하는 거예요."

—하도 연락이 없길래 죽은 줄 알았지.

"말을 뭐 그렇게 무섭게 해요. 옆에 친구들 있어요."

범찬과 똑같은 목소리와 장난스러운 말투에 세 사람은 큭큭 거리며 웃음을 참았다. 한겸은 웃음을 참고선 입을 열었다.

"안녕하세요, 아버님. 범찬이 친구 김한겸입니다."

—어, 그래요. 얘기 많이 들었어요. 어떻게 나 좀 꼰대 안 같죠?

"네……?"

—원래 막 반말하면 꼰대 같고 그런다면서요.

"하하, 괜찮아요. 아들 친구인데 편하게 하셔도 되죠."

한겸은 피식 웃고는 한발 물러섰다. 자신의 아버지가 빙빙 돌려서 장난을 치는 스타일인 반면 범찬의 아버지는 대놓고 말을 하는 스타일이었다. 그래도 범찬의 유쾌함이 어디에서 나온 건지 알 수 있었다. 종훈과 수정까지 인사를 한 뒤 범찬이 입을 열었다.

"아부지, 겨울철 불조심 어떻게 해야 돼요?"

—불조심? 어떻게 하는 게 어디 있어. 불 안 나게 잘해야지.

"아이 참, 일할 때 필요하니까 제대로 좀 알려주세요. 내가 나중에 감자 캐드릴게요."

—어휴, 뭣도 모르는 놈아. 감자 다 캤지. 음, 불조심이라.

범찬의 아버지는 불조심이란 말을 몇 번 되뇌었다. 그러고는 시큰둥한 말투로 입을 열었다.

—불조심이 불조심인데. 자나 깨나 불조심밖에 없어.

"소방관 했던 사람이 안전교육 같은 것도 안 했어요?"

—언제 적 얘기를 해. 우리 아들 마음에도 불씨가 좀 피어올라야 할 텐데. 그래야 죽기 전에 손주도 보고 할 텐데 말이야.

"끊어요. 끊습니다."

범찬은 뻘게진 얼굴로 팀원들을 쳐다봤다. 그러자 팀원들은 큭큭거리며 웃었다.

"한겸이도 한겸이 아버님하고 닮았다고 생각했는데 범찬이는 그냥 판박이네."

"어우, 도대체 왜 그러는지 몰라."

자리에서 지켜보던 한겸도 소리 내서 웃었다. 그때, 마찬가지로 웃던 수정이 입을 열었다.

"아버님 말씀 듣다가 생각난 건데, 공익광고라고 딱딱할 필요 없을 거 같아. 어때?"

"뭐 좋은 생각 있어?"

"불에 대한 경각심만 주면 되잖아. 여기 요구 조건에도 '시민들에게 경각심을 불러일으키는 라디오 광고'라고 적혀 있어."

"그러니까 어떻게?"

"아버님이 그랬잖아. 범찬이 마음에 불씨 피어올랐으면 좋겠다고."

"그런 얘기는 뭐 하러 해."

수정은 범찬을 놀리는 게 재밌는지 미소가 가득한 표정으로 말을 이었다.

"예를 들어서 범찬이가 좋아하는 여자가 있어. 그 여자를 보고 마음속에 불씨가 피어오르는 거야. 그래서 여자한테 고백을 하는 거지."

"그런데 그 여자가 꺼버렸냐? 방수정, 진짜! 왜 나야. 종훈이 형도 있는데."

"예라니까? 아무튼 그 여자가 불조심해야 된다면서 네 마음의 불씨를 꺼버리는 거지. 공익광고니까 뒷부분에 정보 주면서."

"어우, 뭔가 기분 나빠."

범찬은 상상이라도 하는지 얼굴을 씰룩거리며 싫어했고, 그 모습을 보던 두 사람은 배를 잡고 웃었다.

"한번 해보고 이상하면 바꾸면 되잖아."
"나도 수정이 말에 찬성."

그러자 범찬이 입을 씰룩거리며 말했다.

"나도 재미있을 거 같긴 한데… 정말 내 이름으로 할 거 아니지?"
"이제부터 기획 회의 해야지. 한겸이 없이 해야 되니까 자료 준비 많이 해야겠다."

그 모습을 보던 한겸은 지금의 대화만으로도 이들이 어떤 광고를 만들어 올지 무척 기대되었다.

*　　　　*　　　　*

며칠 뒤. 한겸은 분트 촬영에 앞서 모든 팀들이 모여 최종 확인을 하는 회의에 참석했다. 한겸은 사람들 앞에서 계획을 설명하기도 했고, 차질이 없는지 확인하기도 했다.

"그럼 스페인 현지 촬영은 허가된 거죠?"
"네, 사다리차도 섭외 다 했고요. 저희가 촬영이 야간이라서 허가를 받아야 된다고 하더라고요. 일단 스페인 분트에서 허가를 받았다고 연락받았고요. 저희도 이틀 먼저 가서 최종적으로 확인할 예정입니다."

아직 한국에서 촬영이 남았지만, 최종 회의이다 보니 시간이 많이 걸렸다.

"스페인에선 마지막 장면만 촬영하게 될 거예요. 마지막은 이렇게 담을 거고요."

C AD의 사무실 직원이 화면에 한겸이 작업한 것을 띄웠다.

"이건 밑에 간판이 있는 거고요. CG팀은 이걸 지워주실 때 간판이 레이피어에 빨려 들어가게 해주셔야 해요. 그리고 레이피어에서 다시 튀어나와서 벽에 문구가 쓰이는 거죠. 그래서 최종적으로 분마는 이렇게 허공에 뜬 상태처럼 보이고, 벽에는 문구가 쓰여 있고."

"가능합니다. 그럼 처음에 변신하는 장면하고 중간에 '벽에서 튀어나오는 장면, 그리고 마지막 장면만 하면 되네요."

일일이 하나하나 확인을 마친 한겸은 그제야 한숨을 뱉었다. 해외 촬영이 처음이다 보니 알게 모르게 약간 긴장하고 있었다. 회의에 참석했던 사람들이 하나둘씩 돌아갔고, 남아 있던 우범이 입을 열었다.

"수고했다. 촬영에 차질 없게 내가 다시 확인할 테니 걱정하지 마라."

"네."

"그런데 병원 가볼 테냐?"

"가봐야죠. 계속 혼자 계셨을 텐데."

"내일 촬영장도 가야 하는데 괜찮겠어? 나중에 가도 된다."

"괜찮아요. 대표님 가시는데 저도 같이 가서 윤 프로님 얼굴만 좀 보고 오려고요."

"그래. 그럼 가자. 지금 가야 면회 시간에 도착하겠다."

윤선진의 수술이 내일로 잡혔다는 소식을 들은 한겸은 우범과 함께 병문안을 갈 생각이었다. 그동안 회의를 준비하느라 바빴기에 전혀 신경을 쓰지 못해 미안하기도 했다. 피곤하긴 하더라도 가는 것이 맞다고 생각한 한겸은 우범의 차를 타고 이동했다.

"애들 기획 재밌더군."

"벌써 기획서 올렸어요?"

"그래. 큰 틀만 올렸는데 괜찮더군. 입찰 참여했고, 오늘이 마지막 날이라서 내일 발표가 날 거다."

"궁금하다."

"못 본 거야?"

"일부러 완성되고 보려고 안 봤어요. 끼어들 거 같아서요."

한겸이 나름대로 세 사람을 생각해 내린 결정이었다. 앞으로 얼마나 많은 광고를 맡을지는 알 수 없지만, 일이 겹치는 경우도 있을 것이다. 그때를 위해 참기로 했다. 우범이 세 사람에게 맡긴 이유도 같을 것이었다.

우범과 대화를 나누다 보니 병원에 도착했다. 매점에서 음료를 사 들고는 병실로 향했다. 병실에 도착한 한겸은 노크를 하고선 문을 열었다. 그러자 침대에 앉아 있는 윤선진이 보였다.

"윤 프로님, 안녕하세요."
"아이고… 바쁘실 텐데 뭐 하러 이곳까지 오셨어요."
"지나가다 들렀어요."
"대표님도 오셨네요."

우범은 가볍게 고개 숙여 인사했고, 한겸은 윤선진을 살폈다. 환자복을 입고 있지만, 다행스럽게도 건강해 보였다. 그때, 침대 옆 협탁에 가득 쌓인 종이가 보였다. 거의 A4용지 한 묶음 정도 되어 보이는 양이었다. 한겸은 종이를 보며 물었다.

"설마 병실에서 계속 그림 그리고 계셨던 거예요?"
"그래야지요."
"이렇게나 많이요?"
"아직 빈 종이가 많아요. 그리고 전부 그림도 아니고요."
"제가 봐도 될까요?"

윤선진은 쌓아놓은 종이에서 몇 가지를 빼고선 한겸에게 내밀었다. 윤선진이 뺀 종이가 언뜻 보였다. 그 종이에는 마치 편지를 적어놓은 듯 글만 가득 적혀 있었다. 한겸은 건네받은 종이를 쳐다봤다.

스페인에서 돌아온 지 며칠 되지도 않았는데 이 정도 양을 그리려면, 거의 잠도 안 자고 그랬을 것이었다. 아마 편안해선 안 된다며 스스로 옥죄였을 것이다. 한겸은 한숨을 쉬고는 첫 장부터 살폈다. 카피가 없어서인지 광고가 아니어서인지, 윤선진이 칠해놓은 색까지 보였다. 카피를 적어놓는 순간 색이 변한다는 것을 알기에 다음 장을 넘겼다. 다음 장부터는 회색이었고, 그곳에는 손 글씨가 적혀 있었다.

「나는 음주 운전 가해자의 아내입니다.」

보면 볼수록 생각하게 만들고 상상하게 만드는 문구였다. 한겸은 조그맣게 숨을 들이마시고는 또 다음 장으로 넘겼다. 한겸은 계속해서 윤선진의 그림을 살폈다. 그러던 한겸이 갑자기 인상을 심하게 찡그렸다. 한참을 일그러진 표정으로 있던 한겸이 옆에 있는 우범에게 종이를 내밀었다. 그러자 종이를 본 우범 역시 얼굴을 씰룩거렸다.

"마치 영정 사진 같군."

카피를 영정 사진의 검은 띠처럼 적어놓았다. 그리고 그림 옆에는 마치 편지를 쓴 것처럼 글이 적혀 있었다.

*   *   *

한겸은 포스터에 보며 한숨을 뱉었다. 그러고는 글을 읽기 시작했다.

「처음은 사실이 아니라고 부정을 했지요.
그렇게 1년을 지내고 나니 어느 순간부터 당신이 원망스러웠어요.
당신이 사고를 낸 피해자의 가족을 본 순간 원망은 더 커졌어요.
매일매일이 힘들었고 매일매일이 괴로웠어요.
그날 이후로 난 죄인의 삶을 살았지요. 살아도 사는 게 아니었어요.」

「그런데…….
그런데도… 왜 난 바보처럼 날 죄인으로 만든 당신이 너무 그리운 걸까요.」

　'나는 음주 운전 가해자의 아내입니다'를 이용해 검은 띠를 만들어놓은 것은 살아도 산 게 아니란 걸 의미하고 있었다. 마지막 문구를 보니 자신보다 남편의 용서를 구하기 위해 그런 삶을 살았던 것 같았다. 전체적으로 가슴이 먹먹했고, 특히 마지막 부분은 정말 가슴을 울컥하게 만들었다. 한겸은 계속해서 문구를 읽었다. 그러고는 다시 숨을 크게 들이마시고선 윤선진을 봤다. 윤선진은 어색한 미소를 지은 채 고개를 숙이고 있었고, 한겸은 그런 윤선진을 보며 말했다.

　"편지네요."
　"네… 제 얘기지요. 포스터에 편지를 쓰는 게 이상해 보이지요?"

"아니요. 전혀요."

"다행이네요. 다른 사람은 몰라도 내가 이렇다는 걸… 알아봐 줬으면 좋겠다는 마음에 적었어요."

"후."

한겸은 아무런 말도 하지 못하고 한숨을 뱉었다. 그러자 윤선 진이 어색한 표정으로 입을 열었다.

"이렇게 하니 답답함은 약간 사라졌어요."

한겸은 다시 들리지 않을 정도의 한숨을 뱉었다. 그러고는 포 스터를 윤선진에게 내밀었다.

"이거… 제가 가져갈게요. 이제 더 안 그리셔도 될 것 같아요."

"된 건가요?"

"네, 그러니까 그만 그리시고 쉬세요. 내일 수술이니까 무리하 시면 안 되잖아요."

"네… 그래야죠. 그런데 수술을 받고 나서… 잠시 나갔다 올 수 있을까요?"

"안 되죠. 무슨 일 있으세요?"

"아니에요. 아닙니다."

윤선진은 무슨 말을 하려다 말았다. 한겸은 윤선진이 남에게 피해를 주고 있다고 말하려던 게 아닐까 생각했다. 이후 잠깐 대화를 나눈 한겸은 서둘러 자리에서 일어났다. 어떤 대화를 하더라도 한겸의 신경은 온통 포스터에 가 있었다.

"내일 촬영이 있어서 며칠 뒤에 다시 들를게요. 수술 잘 받으세요."
"감사해요."

윤선진에게 인사를 하고 병실로 나온 한겸은 벽에 등을 기댔다. 처음에는 자신이 윤선진의 이야기를 알기 때문에 포스터가 더 크게 와닿는 것일 수도 있다고 생각했다. 하지만 지금 포스터를 보고 나니 그것은 아니었다. 윤선진의 포스터는 20년의 삶이 담겨 있는 이야기였다. 진심이 담겨 있는, 윤선진만이 가능한 그런 포스터였다.

한겸은 숨을 크게 몰아쉬었다. 포스터를 보고 받은 충격이 상당히 컸다. 글자 하나하나부터 얼굴을 그린 선까지. 하물며 검은색으로 칠해져 있는 배경까지 하나하나가 너무 크게 느껴졌다. 이대로 완성이었다. 더 건드릴 필요도 없었고, 건드려서도 안 됐다.

한겸이 들고 온 포스터를 다시 쳐다볼 때, 우범이 인사를 마치고 나왔다. 한겸은 우범을 보며 곧바로 질문을 던졌다.

"이 포스터 어땠어요?"
"음, 뭐라고 말해야 되나. 매번 느끼는 것이지만 기분이 썩 좋진 않다."
"상상돼서요?"
"그래, 저번에는 나 때문에 죄인처럼 살아야 되는 가족만 생각이 났다면 오늘은 조금 달랐다. 그 생각도 들면서 윤선진이 보이더군. 만약 내가 아내가 있었다면 어땠을지 생각하게 돼. 별로 좋은 기분은 아니었다."

한겸은 고개를 끄덕거렸다. 보는 이로 하여금 몰입시킬 수 있는 포스터는 드물었다. 감탄은 하더라도 몰입을 하기는 쉽지 않았다. 우범까지 그런 상상을 하게 만든 걸 보면 포스터가 퍼졌을 때 파급력은 상당할 것 같았다. 한겸은 포스터를 보며 우범에게 물었다.

"내일 우리 기획 팀 입찰 발표라고 했죠?"
"그래."
"그럼 우리가 입찰되면 이거 같이 가서 보여 드릴 수 있어요?"
"음, 괜찮군."
"입찰 안 되면 좀 시간을 두고요. 만약에 자기들은 안 됐는데 이것만 되면 실망이 더 클 수도 있을 거 같아서요."

우범은 한겸을 가만히 쳐다봤다. 그러고는 이내 피식 웃었다.

"같이 일하는 사람 챙기는 거 보면 꼭 대표님 같군. 그런데 떨어질 일은 없을 거다. 나중에 보면 알 거다."
"그럼 더 좋고요."

한겸은 옅은 미소를 지으며 걸음을 옮겼다.

　　　　　　＊　　　　　　＊　　　　　　＊

　다음 날. 전날 밤부터 시작된 촬영을 마친 한겸은 곧바로 사무실로 출근했다. 그런 한겸이 자리에 앉자마자 무언가를 그리기도 하고 적기도 했다. 팀원들은 그런 한겸을 의아하게 바라봤다. 평소라면 촬영장에서 있었던 일이나 사진에 관한 얘기를 할텐데 아무런 얘기가 없자, 팀원들은 의아하게 받아들였다. 무언가를 하고 있는 모습에 말을 걸기도 힘들었다. 한참을 지켜보던 중 한겸은 한숨을 쉬며 고개를 들었다. 그러자 범찬이 기다렸다는 듯 입을 열었다.

　"겸쓰, 촬영장에서 문제 있었어?"
　"아니, 없었는데. 오늘 촬영 잘 끝났어. 스페인만 가면 되는데. 혹시 방 PD님한테 연락 왔어?"
　"아니, 그런 건 아닌데 너 오자마자 심각한 표정으로 뭐 하길래 물어봤지."
　"아, 이거."

　한겸은 피식 웃고는 팀원들에게 종이를 보여주었다. 그러자 팀원들이 인상을 찡그렸다.

　"뭐, 장례식장 홍보도 맡았어?"
　"아니. 잘 봐봐. 여기 카피."

"윤 프로님 거야?"

"응. 어제 미팅 끝나고 병실에 갔는데 이거 그려놓으셨더라고. 내가 잘 못 그려서 그렇지 실제로 보면 완전 달라. 기다려 봐."

한겸은 어제 가져온 포스터를 끼워 넣은 서류철을 꺼냈다. 그러고는 팀원들에게 내밀었고, 팀원들은 포스터를 봤다. 글자를 읽고 있는지 한참이나 말이 없었다. 그러던 중 범찬이 먼저 입을 열었다.

"아… 이거 기분 이상하다. 뭔가 찜찜해서 싫어."

"나도 가슴이 좀 이상하다."

"만약에 내 남편이 이랬으면 난 때려죽였을 거 같아. 얼마나 외로웠으면 이런 생각이 들겠어. 아, 기분 이상하다."

한겸은 고개를 끄덕이며 서류철을 원래 자리로 넣었다. 세 사람도 자신과 비슷한 충격을 받은 듯 보였다. 이 포스터가 생각보다 크게 다가왔다. 촬영장에서도 틈만 나면 그 포스터가 생각났다. 만약 자신이라면 어떻게 그렸을까 생각해 봤지만, 윤선진의 포스터를 보고 나서인지 아무런 생각도 들지 않았다. 그러다 보니 더욱 윤선진의 포스터가 생각났다.

"진짜 윤 프로님은 재능 낭비였네. 그런데 그거 완성시키면 회사 나간다며. 못 나가게 해야 되는 거 아니야?"

"잡아야지."

한겸은 당연하다는 듯 말하고선 입을 다물었다. 그리고는 무거운 분위기를 바꾸기 위해 말을 돌렸다.

"오늘 발표라며?"

한겸의 질문에 수정이 나서며 대답했다.

"김한겸 넌 도대체 뭘 어떻게 했길래 성우분들이 C AD라고 하면 겁부터 내."
"왜?"
"우리 시나리오까지 다 짜서 성우 구하려고 Do It에 전화하니까 중일 삼촌이 그러던데? 성우들 사이에서 소문났다고. 너 혹시 똑같은 말 계속 시켰어?"
"계속은 아닌데. 좋은 거 찾다가 그러긴 했는데, 한 번밖에 안 그랬어. 그런데 발표 난 거야?"
"아직. 예산 체크하면서 알아본 거야."

박순정 김치 때 성우들에게 몇 시간이고 같은 작업을 반복시켰던 일이 떠오른 한겸은 멋쩍게 웃었다. 그때, 우범이 사무실로 들어왔다.

"축하한다."

다짜고짜 축하한다는 말에 한겸을 뺀 세 사람은 우범만 쳐다봤다. 그러자 우범이 웃으며 입을 열었다.

"공익광고 입찰받았다. 경쟁 회사가 적긴 했지만, 그쪽에서 무척이나 좋아했다."

"오! 정말요?"

"그래, 시나리오도 좋았지만, 플랜 팀에서 올린 계획도 좋았다. 다른 곳은 스팟으로 지역광고를 하겠다고 했는데, 우리는 MBS에만 하되 전국 프로그램만 노렸다."

"저희도 들었어요! 연 프로님이 설명해 주셨어요! 하루에 6번씩 월 180회, 세 달간!"

"그래. 너희들을 믿지만 혹시라도 자만할까 봐 하는 말이다. 난 지금 계약하러 가야 하니까 너희는 제작 계획서 작성해서 사무실로 보내라. 10월부터 내보내려면 곧바로 제작해야 하니까 계획서 보내면 그에 맞춰서 진행하마."

세 사람은 활짝 웃으며 큰 소리로 대답했고, 대답을 들은 우범은 피식 웃고선 한겸을 봤다.

"다 됐어?"

"네. 가서 설명해야죠."

"가자."

한겸은 고개를 끄덕이며 끼워놓았던 서류철을 다시 꺼냈다. 그러자 범찬이 고개를 갸웃거리며 물었다.

"어디 가?"

"윤 프로님 포스터 보여주러 가."

"응? 어디에… 아! 우리 계약하는 김에 그것도 하러 가는 거야?"

한겸이 고개를 끄덕거리자 범찬이 목을 긁으며 입을 열었다.

"같이 가면 뭔가 밀리는 느낌인데?"

"최범찬, 너는 진짜! 뭐가 밀려. 우리도 열심히 했잖아! 그래서 뽑힌 거고."

"왜 소리를 지르고 그래."

"어우, 넌 진짜."

우범은 한겸을 보며 웃었다. 어제 했던 말은 저런 상황을 예상해서 했을 것이었다.

"난 전혀 밀린다고 생각하지 않는다. 엄연히 다른 경우다. 너희들의 기획은 유쾌하게 사람들에게 제대로 된 정보를 줄 수 있고, 윤 프로님의 포스터는 사람들의 내면을 건드리는 광고지."

"오우, 대표님이 그러시니까 조금 안심이 되네. 감사합니다!"

우범은 피식 웃고선 말을 이었다.

"동시에 이걸 보여준다면 상대방은 어떻게 생각할까?"

"잘한다고 생각하겠죠?"

"후후."

그 말을 들은 한겸은 우범을 쳐다봤다. 그러고는 알아차렸다는 듯이 헛웃음을 뱉었다.

"여러 가지 색을 소화할 수 있는 광고 회사. 빛과 어둠처럼 양면성을 골고루 갖춘 회사라고 보겠죠."

"그렇지."

그 말을 들은 팀원들은 서로를 보며 씨익 웃었다.

$$* \qquad * \qquad *$$

광화문 근처에 위치한 한국방송광고진흥협회인 샤인에 도착한 한겸은 그곳의 직원과 자리했다. 한겸은 자신의 차례가 아니었기에 대화를 듣고만 있는 중이었다.

"너무 좋았습니다. 아주 만장일치로 선택되었어요."

"최선을 다했습니다."

"정말 새로웠어요. 보통 공익광고라고 하면 심각하게 마련인데 너무 재미있더라고요. 저희도 처음에는 이게 뭔가 하고 봤는데, 뒤에 나오는 거 보고 빵 터졌죠, 하하."

"마음에 드신다니 다행입니다."

"예산도 2,500밖에 안 되는데 라디오 편성도 정말 좋았고요."

한겸은 팀원들을 칭찬하는 말에 뿌듯함을 느꼈다. 이곳으로 오면서 어떤 광고를 기획했는지 알게 되었다. 주인공 이름은 최나방으로, 세 사람의 성을 따서 만든 가상의 인물이었다. 저번에 말한 것에서 크게 달라지진 않았지만, 상당히 재미있게 구성해 놓았다. 앞부분은 드라마처럼 시작되어 끝은 겨울철 불조심으로 끝나는 광고였다.

"그럼 여기 사인하시죠."
"네, 바로 제작할 테니 컨펌은 다음 주로 잡으시죠."
"와, 그렇게 빨리요? 역시! 제가 C AD 덕분에 어깨 좀 폅니다! 하하."
"다행이군요."
"하하, 제가 분마 광고를 정말 좋아하거든요. 너무 재밌더라고요. 그래서 신규 광고 회사에 등록해 달라고 제안서 보냈었어요."
"아! 강 팀장님이 보내셨군요."
"네, 제가 추천한 회사가 이렇게 잘해주니 어깨에 힘이 들어가는 건 당연하죠."

강 팀장은 무척이나 마음에 드는 모양이었다.

"그럼 바쁘실 텐데 여기서 미팅 마칠까요?"
"바쁘지 않으시면 저희 얘기를 들어보셨으면 합니다."

"네? 하실 말씀이라도."

우범은 한겸을 쳐다봤고, 한겸은 고개를 끄덕거리며 입을 열었다.

"저희가 준비한 서류가 하나 더 있습니다."

"네? 저희는 이걸 선택했는데. 음, 제안서랑 다르면 곤란한데요."

"공익광고는 맞지만 다른 내용입니다. 음주 운전에 관한 내용이에요."

"음주 운전 공익광고는 이미 나가고 있어서 곤란한데."

"미디어 광고가 아니라 포스터입니다. 한번 봐주셨으면 합니다."

한겸은 서류를 펼쳐 강 팀장에게 내밀었고, 강 팀장은 떨떠름한 표정으로 포스터를 쳐다봤다. 한겸은 그런 강 팀장의 표정을 살폈다. 다른 사람들과 별반 다름없었다. 눈동자는 글을 따라 움직이고 있었고, 표정은 이미 상상을 하고 있는지 수시로 찡그리고 있었다.

"아… 이거 뭐죠? 아, 오늘 모임 있는데 벌써부터 술맛 다 떨어졌네."

제8장

공익광고

윤선진의 포스터는 따로 설명할 필요가 없었다. 강 팀장도 이미 알고 있지만 확인차 묻는 얼굴이었다.

"휴, 이건 좀 세네요. 그런데 이건 뭐 어떻게 하라고 보여주신 거죠? 그냥 해준다는 것은 아닐 거고."
"자세히는 아니지만 기획서도 따로 준비해 뒀습니다."

한결은 준비한 기획안을 강 팀장에게 건넸다. 강 팀장은 한참이나 살펴보더니 고개를 갸웃거렸다.

"별로 내용은 없네요? 그런데 뭐가 이렇게 예산이 많아요?"

한겸은 기다렸다는 듯이 입을 열었다.

"큰 틀만 잡아놓았습니다. 강 팀장님은 실제로 길거리에서 음주 운전 포스터를 본 경험이 있으신가요?"

"음… 있나? 잘 기억이 안 나는데요?"

"보통 반응이죠. 음주 운전 포스터가 정말 많아요. 그만큼 경각심을 가져야 한다는 건 알고 있지만, 정작 시민들에게 노출되는 경우는 드물다는 뜻입니다."

"그렇죠. 그래서 비싼 돈 들여서 미디어 광고를 하는 거죠."

"하지만 예산 때문에 단가가 비싼 시간대에는 넣을 수가 없죠."

강 팀장은 고개를 끄덕거렸고, 한겸은 서둘러 말을 이었다.

"대부분 주민센터나 시청, 경찰서 등에 붙어 있는 것이 끝이에요. 포스터를 만드는 이유는 예방 차원인데, 이미 사고가 나 경찰서를 가서 보는 거면 예방은 아니죠."

"그렇긴 하죠. 그런데 C AD가 제안한 것도 마찬가지인데요? 제가 잘못 봤나요?"

"맞습니다. 저희는 경찰서나 주민센터 같은 정부 시설을 이용할 예정입니다."

강 팀장은 내용을 찾는지 기획안을 뒤적거렸다.

"다른 게 없는데요?"

"완전 다릅니다."

"포스터를 붙이는 건 똑같은데요?"

"건물 안쪽에 붙이는 게 아닙니다. 외관에 붙이는 거죠."

"래핑 광고요?"

"네. 정확히는 현수막을 이용한 래핑이죠. 규모가 작은 지구대는 제외했습니다. 지역에 있는 경찰서나 구청 같은 경우는 건물이 높은 편이죠. 창을 가리게 되면 불법이니, 경찰서나 구청의 벽면을 이용할 계획입니다. 공익광고다 보니 허가가 날 거라고 판단했습니다. 그리고 예산 역시 행정안전부와 시청, 경찰청, 도로교통공단, 도로안전공단, 그리고 손해보험협회 등 여러 곳에서 예산을 부담하게 된다면 그리 큰 예산은 아닙니다."

강 팀장은 눈만 껌뻑거렸다. 한겸의 말처럼 된다면 전국 어디에서나 지금 이 포스터가 보일 것이었다.

"아무리 음주 운전법이 강화되었다고 하더라도 매년 같은 일이 일어나고 있죠. 특히 연말은 더할 것이라고 생각합니다."

"그렇죠……."

"제가 아까 말씀드린 곳들이 작년 12월 한 달 동안 진행했던 캠페인 예산하고 저희가 계획한 예산하고 비슷합니다. 약 7억. 전부 제작비와 인건비로만 소요될 예산이죠. 그리고 무엇보다 시민의 안전을 위해서 캠페인을 벌인다는데 안 할 수가 있을까요? 특히 경찰과 구청에서 말이죠."

한겸은 가볍게 미소를 지은 상태에서 강 팀장이 보고 있는 포스터를 손으로 꾸욱 눌렀다.

"이걸 보고도 안 할 수가 있을까요?"

강 팀장은 한겸을 보며 눈만 껌뻑거렸다.

*　　　　*　　　　*

며칠 뒤. 전략 영업 2팀의 강 팀장은 회의실에 들어가기에 앞서 심장이 터질 것 같았다. C AD로부터 세부적인 계획을 받았고 검토까지 마친 상태였다. 그리고 그 제안서를 영업본부장에게 보여주었고, 영업본부장의 주도하에 각 기관에서 온 사람들에게 PPT를 하는 자리가 마련됐다. 떨리기는 했지만 인사고과에 큰 영향을 주는 일은 틀림없었다.

강 팀장은 심호흡을 크게 하고 회의실로 들어섰다. 그러자 자신이 다니고 있는 샤인의 국장급은 물론, 경찰청 관계자들과 행정부 소속의 공무원들과 손해보험협회에서 나온 사람들까지 자리했다.

'떨 일 아니다. 그냥 보여주기만 하면 되는 거야. 잘하자. 잘하자. 강구열!'

떨리는 마음을 진정시킨 강 팀장은 앞으로 향했다.

"안녕하십니까, 전략 영업 2팀 강구열 팀장입니다."

자기소개를 마친 강 팀장은 곧바로 한겸이 보내준 자료를 바탕으로 설명을 시작했다.

"매년 음주 운전으로 인해 사건 사고가 끊이지 않고 있습니다. 캠페인을 벌이고 법을 강화한다고 해도 사고는 계속 일어나고 있죠. 통계적으로 봐도 재범률이 45% 이상으로, 마약보다 높습니다. 음주 운전을 아주 가볍게 생각하고 있다는 거죠. 그래서 저희 샤인에서는 C AD라는 신생 광고 회사에 의뢰를 했고, 만족할 만한 결과를 얻을 수 있었습니다."

의뢰를 하진 않았지만 듣기 좋게 포장한 강 팀장은 부하 직원에게 사인을 보내고선 말을 이었다.

"지금부터 보여 드릴 포스터는 샤인에서 의뢰했고, C AD에서 제작한 포스터입니다."

화면에 윤선진의 포스터가 나왔고, 회의장에 참석한 사람들은 관심을 보이며 고개를 내밀었다. 강 팀장은 사람들이 자세히 볼 수 있게 아무런 말 없이 기다렸다.

잠시 뒤 사람들의 반응을 보던 강 팀장은 자신도 저런 반응을 보였을 거란 생각에 피식 웃었다. 포스터를 보는 사람들은 남녀 구분 없이 모두가 비슷한 표정이었다. 상상을 하고 있는지 인상을 찡그리고 있었다.

"이 포스터의 주인공은 음주 운전 가해자의 아내입니다. 하지만 보는 사람에 따라 아내가 될 수도 있고, 부모가 될 수도 있으며, 자녀가 될 수도 있습니다. 음주 운전을 하는 당사자가 아닌 남아 있을 가족을 보여줌으로써 캠페인을 진행하게 될 예정입니다."

강 팀장의 말에 사람들이 고개를 끄덕거렸다. 그리고 강 팀장의 말이 이어졌다.

"앞서 설명했듯이 기획이 통과된다면 지금부터 시작해, 전국의 경찰서와 구청에 래핑 광고가 진행될 예정입니다. 첫 번째로 서울 시청 청사 옆면, 그러니까 도로 쪽 벽면에 설치가 될 것입니다."
"왜 시청부터죠?"
"차량 통행량이 가장 많은 곳부터 시작할 예정입니다. 세종대로 주변부터 시작해 차츰 설치하는 거죠. 제작이 끝나면 설치 기간은 큰 차이가 없을 겁니다."

정부 기관을 이용해 홍보를 하다 보니 예산이 확 줄어들었다. 때문에 각 기관에서 부담해야 할 금액이 줄어들자 모두가 긍정적인 반응을 보였다. 그리고 무엇보다 다들 이미 저 포스터에 혹한 상태였다. 강 팀장은 애써 미소를 숨기며 입을 열었다.

"광고주는 참가하는 모든 기관이 되는 것입니다."

강 팀장은 만약 저 포스터가 큰 반향을 불러일으킨다면 그 공은 전부 참가한 기관에게 있다는 말을 넌지시 돌려 말했다. 그러자 각 기관에서 나온 사람들이 보다 관심을 가지며 지켜봤다. 이제 기다리기만 하면 됐다.

*   *   *

며칠 뒤. 한겸은 스페인 촬영을 앞두고 무척이나 바빴다. 윤선진의 포스터를 홍보할 계획도 짜서 보냈고, 촬영도 문제가 없는지, 또 변경된 상황이 있는지 수시로 체크하고 있었다. 한겸뿐만이 아니었다. 팀원들도 공익광고를 위해 불철주야 일하고 있는 중이었다. 한겸은 이제 조금 여유가 생겼는지 팀원들을 보며 물었다.

"최나방, 어제 방 PD님이 더빙 다 했다고 하던데 잘됐어?"

한겸은 피식 웃으며 대답을 기다렸고, 그중 범찬이 혀를 차며 입을 열었다.

"너 왜 자꾸 우리보고 최나방이래. 그냥 딱 찍어서 말을 해!"
"하하, 그냥 한 번에 부르기 좋잖아."
"어이가 없네."
"시나리오 재미있어서 그래. 더빙 플랜 팀에 보내면 끝이잖아. 다 한 거 아니야?"

"조금 불안해서 그렇지."

"나 들어봐도 돼?"

세 사람은 그 말을 기다렸다는 듯이 한겸에게 몰려들었다.

"겸쓰, 네가 한번 들어봐. 뭔가 소리만 들어서 그런가, 허전한 느낌도 있고 그래."

"어차피 일정 다 잡혀 있어서 바꾸지도 못하잖아."

"그래도 네가 괜찮다고 해야 마음이 놓일 거 같아."

한겸은 처음부터 참견하지 않기 위해 완성될 때까지 기다렸다. 한겸은 미소를 지은 채 세 사람이 제작한 광고를 듣기 시작했다.

—내 이름 최나방. 33년 만에 이상형을 찾았다.

"여기서 33살로 나이 잡은 건 라디오 시청률이 가장 높은 연령대가 30대거든."

"알았어. 잠시만. 들어볼게."

수정의 설명을 막은 한겸은 웃으며 파일을 계속 들었다.

—오늘은 기필코 불타오르는 이 마음을 그녀에게 고백하기로 마음먹었다. 저기 소화 씨! 제 마음의 불꽃이 보이십니까! 당신을 본 순간 제 마음에 불씨가 피어올랐습니다.

―어머! 불이야!

잠시 '취이익'거리는 소리가 이어졌다.

―건조한 겨울철에는 작은 불씨도 조심해야 되는 거 몰라요?
―그렇다고… 저한테 소화기를… 너무하십니다…….
―원망하지 말아요. 발화 지점을 진화하는 것만으로도 대형 사고를 막을 수 있거든요. 초기 진압에서 소화기는 소방차 한 대의 위력과 맞먹는다고요.

그 뒤로도 대사가 이어지며 정보가 나왔다. 한겸은 피식거리면서 광고를 들었다. 실제로 들으니 생각보다 더 재미있었다. 색은 볼 수 없었지만, 구도가 상당히 짜임새 있게 진행되었다. 세 사람의 장점이 골고루 섞여 있었다. 종훈의 감성과 범찬의 유머, 그리고 수정의 데이터가 어우러져 만들어진 광고였다.

"어때?"
"좋은데? 영상광고로 보고 싶을 정도로 재밌네."
"정말? 진짜?"
"진짜로 좋았어."
"야… 이제야 좀 안심이 된다. 네가 신경도 안 쓰는 거 같아서 우리 얼마나 불안했다고!"
"하하, 뭘 불안해. 앞으로 기획 팀 인원 많아지면 각자 팀장 해야 할 수도 있는데."

"그건 나중 얘기고. 휴, 사람들도 좋아하겠지?"

"샤인 강 팀장님 좋아했잖아."

한겸은 피식 웃으며 세 사람을 향해 박수를 보냈다. 그러자 세 사람은 멋쩍은 표정으로 웃음 지었다. 그때, 사무실 문이 열리면서 우범이 들어왔다.

"김 프로!"

"네."

"연락 왔다. 계약한다고 바로 오란다."

"어? 정말요? 아… 아쉽다."

옆에 있던 세 사람은 고개를 갸웃거리며 한겸을 봤다. 그러자 한겸이 아쉬운 표정으로 말했다.

"3일 뒤에 스페인 가잖아."

"그러네?"

"어쩔 수 없지. 최나방들이……."

"최나방이라고 하지 말라고."

"알았어. 세 사람이 잘 좀 봐줘. 대표님, 제작 회사는 알아보셨어요?"

우범은 고개를 끄덕이며 말했다.

"이미 의뢰해 놓은 상태고, 네가 원한 대로 가로 7미터, 세로 9.8미터로 제작된다. 통으로 된 천을 사용해서 우는 현상도 없다고 하니 걱정하지 않아도 될 것 같다."

　"네. 잘됐네요."

　"아마 보고 갈 수도 있을 것 같다. 내일모레 완성해서 시청부터 걸릴 예정이니까."

　"그렇게 빨리요?"

　"이미 다 알아봐 둔 상태니까. 예산만 잡히면 제작이야 바로지. 그리고 한두 개를 제작하는 게 아니니까 그쪽에서도 지금 찾아온다고 난리였다. 그래서 어차피 계약하러 갈 겸 내가 들르기로 했다."

　"잘됐네요!"

　"그렇게 알고 있어. 김 프로는 스페인 갈 준비 잘하고, 최나방들은 다음 주부터 광고 나오니까 그렇게 알고."

　"아… 최나방 아니라니까요."

　우범은 피식 웃고선 다시 한겸을 봤다. 그러고는 조그맣게 한숨을 뱉고 입을 열었다.

　"그런데 윤 프로님이 계속 외출을 하려고 하는 거 같더군."

　"수술한 지 얼마 되지도 않았잖아요."

　"보호자라고 연락이 왔는데, 계속 외출을 해야 된다고만 하네."

　"왜요? 무슨 이유라도 있어요?"

　"물어봤는데 꼭 가야 된다고만 하신다."

　"언제요?"

"내일모레. 현수막이 걸리는 걸 아는 것도 아닐 텐데 왜 그러는지 이유를 모르겠다. 아무튼 안 된다고 못을 박아두긴 했다. 혹시 넌 알까 봐 물어본 거니까 신경 쓰지 마라."

한겸은 의아한 표정으로 윤선진을 떠올렸다. 하지만 아무리 생각해도 수술 후 회복 중인 윤선진이 외출을 하려는 이유를 알 수가 없었다. 그때, 얼마 전 병실에서도 윤선진이 외출을 할 수 있겠냐고 물었던 것이 떠올랐다. 그때는 불편해서 그런다고 생각했는데, 다른 이유가 있는 모양이었다.

*　　　　*　　　　*

이틀 뒤. 아들을 만나러 하루 대절한 택시를 타고 먼 곳까지 온 노부부는 묘 앞에 난 풀을 정리했다. 누군가가 계속 관리를 했는지 길게 나 있는 잡초는 많지 않았다. 간단하게 정리를 한 노부부는 묘 앞에 음식을 깔아놓고는 옆에 앉았다. 그러고는 한참 동안 아무런 말 없이 술을 따라 묘지에 붓는 일을 반복했다. 그렇게 묘 옆에서 한참이나 시간을 보내던 중 할머니가 먼저 입을 열었다.

"충근아, 서운해하지 말거라."

할아버지는 고개만 끄덕이며 먼 산만 바라보았다.

"오래 했어. 너도 이만 용서해 주거라. 그치 남편 보거든 용서

한다고 한마디만 해주거라."

"흠."

"20년이다. 20년 동안 용서를 구했으면 충분한 게야. 영감도 그렇지요?"

"그럼. 이제 잊을 때도 된 게야. 산 사람은 살아야지."

매년 오늘만큼은 묘까지 함께 오던 사람이 어째서인지 연락이 없었다. 그래도 원망스럽거나 밉지가 않았다. 그동안 충분하다 못해 과했다. 매달 생활비를 보내오는 것도 모자라 툭하면 찾아와 집 청소 및 살림까지 챙겼다. 처음 몇 년간은 그 꼴도 보고 싶지 않았다. 그럼에도 그 사람은 묵묵하게 찾아왔다.

그렇게 십 년이 지났을 때부터는 조금씩 마음이 변했다. 아무리 남편이 사고를 냈다 한들 그렇게까지 힘들게 살 필요는 없었다. 그동안 자신들에게 보여준 마음만으로도 충분하다고 생각했다. 그럼에도 윤선진은 아니라며 20년을 이어왔다.

그러다 보니 오늘 연락이 없는 것에 큰 실망은 없었다. 오히려 자신들도 이제야 아들을 놓아줄 수 있을 것 같은 느낌이었다.

"영감님, 가요. 늦겠네요."

"가지. 충근아, 이 녀석아. 추석에는 못 올 거 같다. 그래도 애비 자주 올 테니 잘 있거라."

노부부는 서둘러 묘를 내려와 다시 서울로 가기 위해 택시에 올라탔다. 자신들끼리 온 적은 처음이다 보니 택시비가 이렇게 비싼 줄도 몰랐고, 이렇게 힘겨울 줄도 몰랐다. 전부 윤선진이 도맡아 했기에 알 수가 없었다. 그러니 윤선진이 생각날 수밖에 없었다.

노부부는 말없이 택시를 타고 서울에 도착했다. 북촌의 작은 집으로 가던 중, 시청을 지나가고 있을 때였다. 창밖을 보고 있던 할머니가 갑자기 차를 세웠다.

"기사님, 우리 여기서 좀 내립시다."
"여기서요? 가시려면 좀 남았는데요?"
"괜찮으니 여기서 내립시다."

그러자 할아버지가 의아한 표정으로 물었다.

"왜 그러는 겐가?"
"저기 봐요. 저기."

할아버지는 할머니가 가리키는 곳을 보고선 기사에게 곧장 내려달라고 부탁했다. 택시에서 내린 노부부는 곧장 사람들이 몰려 있는 곳을 갔다. 그러고는 말없이 시청 벽면에 걸린 대형 포스터를 바라봤다. 한참을 바라보던 중 할머니가 입을 열었다.

"이 사람아……."
"바보일세. 바보야. 모지리도 저렇진 않지."
"영감님, 안으로 들어가 봐요."
"어딜 가려고."

"물어보려고요. 저 안에 들어가면 알겠죠."

노부부는 서둘러 시청 안으로 들어갔다.

*   *   *

시청 건물에 래핑 작업을 한다는 소식에 기획 팀원들은 전부
시청 앞에 자리했다.

"야, 설치 기사님들 완전 무섭겠다. 현수막이라고 해서 펄럭일
줄 알았더니 저렇게 해서 완전 딱 붙이네. 뭐 매직트러스?"
"응, 그렇다고 하더라고. 대표님이 꼼꼼하게 알아보셨어."

설치 기사들은 마치 부착을 하는 것처럼 포스터를 벽에 붙이
는 중이었다. 한겸은 약간 떨어진 곳에서 기대된다는 얼굴로 작
업 중인 모습을 살폈다. 네 사람이 모두 벽만 쳐다보고 있어서인
지 지나가던 사람들도 걸음을 멈추고 시청 벽면을 쳐다봤다. 지
켜보던 사람들은 웅성거리며 서로 대화를 나눴다.

"나는 음주 운전 가해자의 아내입니다?"
"좀 그런데? 불쌍해서 봐달라는 거야?"
"저 밑에 글을 봐."
"음… 기분 이상하다."

대형 포스터를 구경하느라 발길을 멈춘 채 글을 읽어보는 사람도 있었고, 사진을 찍는 사람도 많았다. 관광을 하는 외국인들도 발길을 멈추고 가만히 사진을 쳐다보고 있었다. 윤선진의 표정만으로도 묘한 느낌을 주었다. 그중 가장 인상적이었던 사람은 노부부였다.

"겸쓰, 저 어르신들 봐. 완전 감동받았나 봐."

한겸도 고개를 끄덕거리며 다시 설치하는 모습을 쳐다봤다. 그리고 잠시 뒤 모든 설치가 끝나자 현장에 가 있던 우범이 돌아왔다.

"너희들 데려다주고 난 서대문 경찰서 가봐야겠다."
"저희끼리 가도 괜찮은데요."
"데려다주고 가도 된다. 빨리 가자. 잘못했다가는 퇴근 시간하고 겹친다."

기획 팀의 일이 다른 부서들로 넘어간 상태였기에, 팀원들은 시간이 있을 때 윤선진의 병문안을 가기로 했다. 한겸도 내일 스페인으로 가기 전 윤선진을 볼 생각으로 함께 이동했다.

"잠시만요. 포스터 사진 좀 찍고요."
"그래, 윤 프로님 보여 드려라. 아까도 외출하겠다고 그러시는 거 막았다고 연락 왔다."
"그래요? 도대체 왜 그러시지?"

"난 내일 가볼 테니 오늘 잘 말씀드리고."

사진까지 촬영한 뒤 곧바로 병원으로 출발했다. 잠시 뒤 병원에 도착하자 우범은 내리지도 않고 곧바로 가버렸다. 생각보다빨리 도착해 아직 면회 시간이 아니었다. 평일에는 면회 시간이6시부터 8시였기에 일행은 잠시 로비에 앉아 있었다.

"윤 프로님 왜 자꾸 외출하신대? 어디 가려고 그러시나?"
"나도 모르겠어."
"이상하잖아. 당분간 휠체어 타고 다녀야 된다며. 그러고 어딜가려고 그러시지?"

우범에게 듣기로는 이유도 말하지 않은 채 계속 외출해야 된다고만 했다고 한다. 한겸은 윤선진의 상황을 종합해 보고 몇 가지 생각을 떠올렸다. 하지만 확실치는 않았기에 입을 다물고 있었다. 그때 면회 시간이 되었고, 한겸은 서둘러 병실로 올라갔다.
병실에 올라가니 침대에 앉아 안절부절못하는 윤선진이 보였다. 윤선진은 한겸을 보자마자 곧바로 입을 열었다.

"김 프로님! 저 아주 잠깐만이라도 나가게 해주세요."

얼마나 급했으면 윤선진은 인사를 하기도 전에 나가게 해달라고 했다. 윤선진의 상태를 자신이 판단하는 건 아니라고 생각한한겸은 말없이 고개를 저었다. 그러고는 윤선진의 옆에 앉았다.

"윤 프로님, 혹시 오늘이 사고 날인가요?"

윤선진은 흠칫 놀라더니 이내 침을 꿀꺽 삼켰다. 그러고는 굉장히 어두운 얼굴로 고개를 끄덕였다.

"맞아요. 그래서 가봐야 해요……."
"지금 가셔서 어떻게 하시게요. 휠체어 타고 가시려고요?"
"가야 해요."
"남편분께서도 이해하실 거예요. 아마 편하게 계시는 걸 원하실 거예요."

인사도 하지 못한 팀원들은 그제야 알았다는 표정으로 고개를 끄덕거렸다. 그때, 윤선진이 아니라는 듯 고개를 저었다.

"남편도 남편이지만 가야 할 곳이 있어요."

한겸은 순간 표정을 찡그렸다. 윤선진이 어디를 가려고 하는지 알 것 같았다. 피해자의 가족에게 가려고 하는 것이 틀림없었다. 한겸은 숨을 크게 뱉은 뒤 입을 열었다.

"지금 이 모습 보면 안 좋아하실 거 같은데요. 한 달 뒤에 퇴원해도 된다고 했으니까 그때 가세요."
"……."

"다들 윤 프로님 걱정하고 있어요."

보호자로 등록된 사람도 우범이었고, 병원비까지 회사에서 내주기로 되어 있다 보니 팀원들이 걱정하고 있다는 것은 그동안 병원에 있던 윤선진이 제일 잘 알고 있을 것이었다. 그래서인지 윤선진은 눈을 지그시 감고 말을 뱉지 않았다. 한겸은 윤선진이 진정되길 기다렸다.

잠시 뒤 윤선진이 눈을 뜨고 어색한 표정으로 입을 열었다.

"미안해요. 미안합니다."

"사과하지 않으셔도 돼요. 이거 보시겠어요?"

한겸은 윤선진에게 조금 전에 찍어 온 사진을 보여주었다. 그러자 윤선진은 화면을 말없이 바라봤다.

"대표님께 들으셨죠? 오늘부터 경찰서와 구청에 걸리기 시작했어요."

"……"

"아까 보니까 사람들 반응도 좋고요. 음주 운전이 줄어드는 게 그분들이 원하는 거 아닐까요?"

그 말을 들은 윤선진은 고개를 숙인 채 눈물을 뚝뚝 흘리기 시작했다. 한겸은 말없이 그 모습을 한참이나 지켜봤다. 그때, 작업 현장으로 간다던 우범에게서 연락이 왔다.

"네."

─병원이지?

"네, 아직 병원이에요."

─병실이면 잠깐 나와서 받아라.

한겸은 잠시 양해를 구한 뒤 병실 밖으로 나왔다.

"왜 그러세요?"

─조금 전에 어떤 노인이 회사로 연락했다고 한다.

"무슨 말이에요?"

─연락해서 시청에 걸린 포스터 제작한 곳이 맞냐고 물었다고 하네. 그리고 윤 프로님 이름을 물었다고 하더군.

한겸은 문득 어떤 생각이 스쳐 지나갔다.

"혹시 피해자분들이에요?"

─그건 모르겠다. 회사로 연락이 와서 장 프로가 나한테 전해 준 거다. 내 생각에는 맞는 거 같다. 그런데 장 프로가 윤 프로님이 병원에 입원했다고 알려줬다.

한겸은 인상을 찡그렸다. 지금 피해자 가족들과의 만남은 그리 반갑지 않을 것 같았다. 그때, 우범의 말이 이어졌다.

─너무 놀라고 걱정하는 목소리라서 병원까지 알려줬다고 하더군.

그 말을 들은 한겸은 굉장히 혼란스러웠다. 자신의 상식으로는 이해가 되지 않았다. 피해자 가족이 가해자 가족을 걱정한다는 건 들어보지도 못했다.

─혹시나 해서 연락한 거다. 아무 일도 없지?
"네, 그렇긴 해요."
─그래, 무슨 일 있으면 바로 연락해라. 내일 스페인 가니까 일찍 들어가고. 그리고 서대문 설치 끝났다. 사진 보낸다.
"네, 수고하세요."

통화를 마친 한겸은 무척이나 혼란스러웠다. 윤선진에 관련된 것들은 모두 예상을 벗어나 있었다. 한겸은 한숨을 뱉고선 병실 안으로 들어갔다. 그러자 윤선진과 대화를 나누는 팀원들이 보였다.

"저희도 이번에 광고 맡았거든요. 다음 주부터 광고 나가요."
"축하드려요."
"병원에서 라디오 들을 수 있죠? 꼭 들으셔야 돼요. 대표님도 칭찬했고, 한겸이도 칭찬했거든요."

범찬이 쉴 새 없이 떠들고 있음에도 윤선진의 표정은 변화가 없었다. 한겸은 그런 윤선진을 물끄러미 봤다. 우범에게 들었던 얘기를 해야 하는지, 말아야 하는지 고민 중이었다. 쉽게 판단이 안 섰기에 시간만 흘러가고 있었다. 그때, 옆에 있던 수정이 한겸의 옆구리를 찔렀다.

"그만 가봐야 하지 않아? 너, 내일 오전 비행기잖아."
"응, 가야지."
"7시 넘었으니까 가는 게 좋을 것 같아."

한겸은 휴대폰으로 시간을 확인했다. 고민을 하느라 시간이 이렇게 지났는지도 몰랐다. 아무래도 계속 외출을 하려는 윤선진에게 피해자 가족이 연락한 것을 말하면 동요할 것 같아서, 우범에게 맡기는 게 나을 것 같았다. 한겸이 고개를 끄덕이며 윤선진에게 인사를 하려 할 때, 병실 문이 드르륵 열렸다.

문 앞에는 나이가 엄청 많아 보이는 노부부가 서 있었다. 노부부의 모습을 본 범찬이 고개를 갸웃거리며 물었다.

"어? 어디서 봤는데. 아! 아까 시청에서 봤던 어르신들."

범찬의 외침에도 노부부의 시선은 한곳을 향해 있었다. 그중 할머니가 윤선진을 쳐다보며 천천히 걸어왔다. 그와 동시에 병실에 있던 사람들도 윤선진을 쳐다봤다. 그러자 무척이나 당황해하는 윤선진의 표정이 보였다. 그때, 할머니의 떨리는 목소리가 들렸다.

"이 사람아… 이제 그만 됐대도. 자네 얼굴 팔면서까지 그게 뭔가… 왜 그랬나, 왜 그랬어."

무슨 상황인지 모르는 팀원들은 윤선진과 노부부의 얼굴을 바라보기만 했다. 그때, 할아버지도 천천히 걸어오더니 윤선진의 손을 잡으면서 입을 열었다.

"몸은 괜찮은 겐가? 어쩌다 병원에 있는 게야."

그 말을 들은 윤선진의 얼굴이 일그러지더니 곧이어 눈물을 쏟아냈다.

"죄송해요. 죄송합니다… 정말 죄송해요……."

＊　　　　　＊　　　　　＊

한겸은 한 발짝 뒤로 물러나 노부부와 윤선진을 바라봤다. 윤선진은 계속 사과하며 울고 있었고, 노부부는 그런 윤선진의 손을 잡아주었다.

"이제 그만 울게나."
"죄송해요. 오늘 모시고 갔어야 하는데."
"됐네. 충분하다 못해 넘치네. 이제 우리도 아들 녀석 놓아줘야지."

할머니는 윤선진이 진정될 때까지 손을 쓰다듬었다. 윤선진은 울음을 멈추기 위해 심호흡을 했다. 그러자 할머니가 윤선진의 다리를 보며 입을 열었재.

"다리는 어쩌다 그렇게 된 게야."
"그냥 조금 다쳤어요. 괜찮아요."
"미련하기는. 정말 괜찮은 게야?"
"그럼요. 오늘 못 가서 정말 죄송해요."
"아니야. 우리끼리 다녀왔어. 그동안 정말 고생 많았네."

피해자의 가족에 대해서 몰랐던 한겸은 세 사람의 모습을 보며 가슴이 울컥했다. 피해자의 가족이 가해자의 가족을 찾아와 걱정을 할 정도면 그동안 윤선진이 얼마나 많은 노력을 했을지 상상이 됐다. 그때, 옆에 있던 할아버지가 팀원들을 보며 입을 열었다.

"그래서 젊은 친구들은 어떻게 되는 사이인가?"

윤선진이 머뭇거리는 모습에 한겸은 목을 가다듬고 입을 열었다.

"같이 일하는 동료입니다."
"청소……? 젊은 사람들이 말인가요?"
"청소는 아닙니다. 저희는 광고 회사 직원들입니다. 윤 프로님과 이번에 함께하게 돼서 병문안을 온 거예요."
"윤 프로? 음… 그래, 그래야지. 이 사람 잘 부탁해요."
"저희가 잘 부탁드려야죠. 오늘 시청에 붙어 있던 광고 보고 찾아오셨죠? 그것도 윤 프로님이 만드신 거예요."

노부부는 무척이나 놀란 표정을 지었다.

"자네에게 그런 재주가 있었는가?"
"그런 재주 가지고 왜 청소하고 있었던 게야. 쯧쯧."

윤선진은 여전히 미안한 표정으로 고개를 숙이고 있었고, 노부부는 그런 윤선진의 손등을 가볍게 때렸다.

"자기 얼굴까지 팔면서 그게 뭔가. 그렇게 하지 말게나."
"할멈 말이 맞아. 사람들이 알아보면 어쩌려고 그러는 게야. 당장 내려. 우리도 마음이 불편하지 않은가."

노부부의 진심이 느껴졌다. 저 모습을 보자 한겸은 가슴이 찡한 한편 윤선진이 이제 마음 편히 일할 수 있을 것 같다는 생각에 안심이 됐다. 한겸은 숨을 크게 들이마시고는 입을 열었다.

"어르신들. 제가 설명 좀 해드려도 될까요?"
"그러세요."
"윤 프로님이 그 광고를 제작하게 된 이유는 어르신들 같은 무고한 피해자나 윤 프로님처럼 남아 있을 가족들이 생기지 않게 하기 위해서예요. 얼마나 힘든지 누구보다 잘 알고 있으시니까, 다른 사람들은 그런 일을 겪지 않았으면 하는 마음에서 제작하신 거예요. 앞으로도 좋은 광고 많이 만드실 거예요."

한겸의 설명에 노부부는 윤선진을 물끄러미 봤다. 그리고 잠시 뒤 이번에는 할머니가 눈가를 훔치며 말했다.

"그럼 알지. 알아. 얼마나 힘들었는지 우리가 다 알지. 그래, 그래. 자네 맘 다 아네."
"그랬지. 참 길었어. 자네나 우리 같은 사람이 생기면 안 되지."

그 모습을 보던 팀원들은 코 밑을 훔치며 고개를 돌렸고, 한겸만이 세 사람을 가만히 지켜봤다. 그때, 면회 시간이 곧 끝난다는 안내 방송이 나왔다.

"우린 이만 가봐야겠네. 또 들름세."
"잠시만요. 제가 모셔다 드릴게요."

윤선진이 몸을 일으키려 하자 한겸은 기다렸다는 듯이 나서며 입을 열었다.

"제가 모셔다 드릴게요."
"어떻게 그래요."
"괜찮아요. 윤 프로님이 배웅하시면 어르신들도 불편하실 거 같아요."

그러자 노부부도 고개를 끄덕거렸다.

"그래, 이분 말씀이 맞네. 빨리 건강해지게. 푹 쉬게나."

노부부의 만류에도 윤선진은 일어서려 했다. 가만히 내버려 두면 정말 나올 것 같았기에 한겸과 팀원들은 서둘러 인사를 하고선 곧바로 나왔다.

한겸은 노부부를 데리고 병원 앞 택시 승강장으로 향했다. 거의 도착했을 때쯤 노부부가 입을 열었다.

"우리끼리 가도 돼요."
"아니에요. 모셔다 드릴게요."
"아닙니다. 헛고생시킬 수 있나요. 괜찮습니다. 그보다 그 사람 좀 잘 부탁드립니다."

노부부는 마치 자식을 맡기는 듯 고개까지 숙였고, 한겸과 팀원들도 마찬가지로 고개를 숙여 인사했다.

"저희도 많이 배우고 있습니다. 걱정하지 않으셔도 될 거 같아요."
"다행이에요. 참 다행이야."

잠시 뒤 승강장에 도착했고, 노부부가 택시에 올라탔다. 한겸이 모시려고 했지만 한사코 거절했기에, 한겸은 어쩔 수 없이 노부부의 손에 택시비를 쥐여주고 문을 닫아야 했다. 택시가 출발했고, 한겸은 멀어져 가는 택시를 물끄러미 쳐다봤다. 그때, 옆에 있던 범찬이 어깨를 툭 치며 말했다.

"아… 진짜 나 광고 일 하길 잘한 거 같아."
"갑자기?"
"진짜 아까 병실에서 하마터면 울 뻔했어. 방수정은 울었다니까?"

한겸은 인상을 쓰고 있는 수정을 보며 미소를 지었고, 범찬은
말을 이었다.

"나도 사람 마음을 울릴 수 있는 광고를 만들겠어. 말리지 마라."
"잘됐네. 열심히 해."
"겸쓰, 너 영혼 없이 말할래?"
"진심으로 응원하는 거야."

범찬은 한겸의 대답이 못마땅한 듯 입술을 씰룩거렸다. 그때,
옆에 있던 수정이 무언가 생각난 듯한 얼굴로 입을 열었다.

"맞다, 그런데 왜 윤 프로님 다리 옛날 교통사고 때문에 다쳤다고
안 알려줬어? 그거 알려줬으면 고생하셨다는 거 더 알았을 텐데."

한겸은 잠시 노부부의 얼굴을 떠올리고선 입을 열었다.

"교통사고로 다친 다리를 이제 수술했다고 하면 어르신들이
자신 때문이라고 생각할까 봐."

"아. 그러네."

"서로를 이해하고 용서하는 단계인데 내가 그런 말을 해서 마음의 짐을 지게 하는 건 아닌 거 같았어."

"그런 거 같네. 잘했어."

한겸은 크게 숨을 뱉었다. 윤선진의 광고를 시작한 이유 중에는 피해자 가족들에게 용서를 받았으면 하는 마음도 있었다. 광고도 하고, 피해자의 가족들에게 용서를 구하고, 그리고 무엇보다 윤선진도 앞으로 계속 함께할 수 있도록 말이다. 한겸이 뱉은 한숨은 모든 일이 잘 풀린 듯했기에 나온 안도의 한숨이었다.

한겸은 팀원들을 한번 보고선 입을 열었다.

"최나방 셋이 가. 나 바로 집에 가야겠다."

"아, 자꾸 최나방이라네."

"한겸이 스페인 잘 다녀와. 가서 연락하고."

"우리 아빠 좀 잘 부탁해. 술을 너무 좋아해서 걱정돼서 그래."

한겸은 세 사람의 인사를 받으며 미소를 지었다. 윤선진의 일이 잘 풀려 스페인에 가서 개운한 마음으로 촬영을 할 수 있을 것 같았다.

*　　　　　*　　　　　*

이틀 뒤. 한겸이 스페인에 가고, 기획 팀 사무실에 남은 팀원들은 계속해서 들려오는 소식에 정신이 없었다.

"미쳤어! 이 정도로?"
"그러게 말이야. 이거 건 지 이틀 지났지?"
"네. 이틀밖에 안 지났죠."

범찬과 종훈은 휴대폰을 보며 대화를 나눴다. 옆에서 컴퓨터를 보던 수정도 두 사람과 별반 다르지 않았다.

"경찰청 홈페이지 메인에도 떴고, 보험회사들 메인에도 떴어."
"와… 윤 프로님 진짜 대박이네."
"진짜 대한민국 대단한 거 같아."
"그러게. 도대체 인증 숏은 왜 찍는 거야? 이해가 안 돼!"
"신드롬 같은 거겠지."

범찬의 말처럼 SNS에 대형 포스터를 배경으로 한 사진들이 넘쳐났다. 분트 광고 같은 경우는 연예인부터 시작된 것과 다르게, 이번에는 시민들부터 시작되었다. 시청, 구청과 경찰서 등에 걸린 포스터를 배경으로 한 사진이 계속해서 올라오는 중이었다.

포스터를 붙인 지 이틀밖에 지나지 않았음에도 엄청난 속도로 퍼지는 중이었다. 그러다 보니 세 사람은 부담이 될 수밖에 없었다. 가만히 생각하던 범찬은 불안한 표정으로 입을 열었다.

"그런데 우리 광고 뭔가 밀리는 느낌이죠? 지금 내놓으면 빛도 못 보고 사라질 거 같은 느낌인데."

"그러게."

종훈 역시 불안한 표정이었다. 그러던 중 종훈이 갑자기 의아한 표정을 하고 말했다.

"그런데 정말 신기하지 않아?"

"뭐가요?"

"한겸이 말이야."

"겸쓰가 왜요?"

종훈은 신기하다는 표정으로 말을 이었다.

"그렇잖아. 한겸이가 좋다고 하는 건 하나같이 반응이 엄청나잖아. 분트도 그랬지, 그리고 왕배추도 그랬고. 지금 촬영하는 분마도 그래."

"그렇긴 하죠."

"제일 신기한 건 윤 프로님 데려온 거야. 나 같았으면 그래픽 작업 못 한다고 하면 포기했을 거 같은데."

"그러고 보면 신기 있는 것도 아니고 신기하네."

두 사람은 한겸을 떠올리며 고개를 끄덕거렸다. 그러던 중 범찬이 갑자기 씨익 웃더니 입을 열었다.

"겸쓰가 우리 광고도 좋다고 했으니까 우리도 잘되겠네!"
"그렇네. 어우, 그러니까 조금 부담감이 가신다."

옆에서 컴퓨터를 보던 수정도 고개를 끄덕이고선 입을 열었다.

"잘되면 다 좋지. 우리 회산데."
"그렇지? 그런 거지?"
"당연하지. 우리도 잘되겠지. 그런데 윤 프로님 포스터 더 뜨거워질 거 같은데."
"왜?"
"이거 봐. 기사도 뜨기 시작하는데."

「서울 시청과, 행정안전부, 경찰청, 손해보험협회 등에서 진행하고 있는 음주 운전 예방 캠페인이 국민들에게 큰 관심을 끌고 있다. 국민들은 시청 벽면에 걸려 있는 포스터를 배경으로 사진을 촬영해 SNS에 게재했다.

경찰청 관계자는 단순히 단속을 통한 지시를 넘어, 국민들 스스로 음주 운전을 하지 않는 습관이 들도록 하기 위한 홍보라고 알렸다.

서울 시장은 처벌을 넘어서 스스로 생각하고 판단하게 만드는 캠페인이야말로 진정한 캠페인이라고 언급했다.」

세 사람은 기사를 보며 혀를 내둘렀다.

　　　　　*　　　　　　　*　　　　　　　*

　전날 도착한 한겸은 하루 동안 촬영 준비를 했고, 오늘 새벽
이 되어서야 촬영 현장에 자리했다.

　"한겸아, 성 대표한테 연락받았어?"
　"네, 아까 받았어요."
　"난리도 아니래. 막 아이스버킷, 병뚜껑 따기 챌린지 그런 것
처럼 막 챌린지로 퍼져 나갈 기세래."
　"들었어요."
　"이거 완전 초대박이야. C AD 완전 블루칩 됐네."

　한겸도 우범에게서 연락을 받아 알고 있었다. 한겸도 이 정도까
지 큰 반향을 불러일으킬 줄은 예상하지 못했다. 인원을 늘렸음에
도 감당하기 힘들 정도의 문의가 들어오고 있다고 했다. 특히 각
기관에서 C AD를 찍어 공익광고를 부탁해 왔다고 전해 들었다.
　혹시나 윤선진에게 취재 요청이 가는 것은 아닌지, 그로 인해
윤선진의 신원이 노출되는 것은 아닐까 걱정했지만 아직까지 그
런 일은 없다고 했다. 높아진 시민의식 덕분인지 포스터를 그저
캠페인으로만 받아들였고, 본질인 음주 운전에 관심을 보냈다.
　이대로 계속 연말까지 이어진다면 국민들의 달라진 모습을
볼 수 있을 것 같았다. 그리고 윤선진이 그 통계를 본다면 남아
있던 마음의 짐을 내려놓을 것 같았다. 한겸은 그때를 생각하며
미소를 지었다.

"준비는 다 됐어요?"

"끝났지. 조금 전에 박재진 씨 와이어까지 다 달았어. 10분 뒤에 촬영 시작하자."

"네, 알겠어요."

박재진은 비밀 유지를 위해 촬영 팀과 다르게 오늘 도착한 상태였다. 지금 그는 안전을 위해 와이어를 착용한 채 간판을 보고 있었다. 하얀색에 빨간색으로 장식된 옷을 입으니 눈에 띄었다. 부끄러울 만도 했는데 박재진은 여전히 대사를 연습하고 있는 중이었다.

"정말 열심이네요."

"내가 지금까지 촬영하면서 저런 사람은 못 봤어. 당일 와서 촬영 콘셉트 듣고 촬영하는 사람이 태반인데 전혀 달라. 배우같아."

"그러게요."

한겸이 박재진을 보며 기분 좋은 미소를 지을 때, 스페인 분트의 관계자들이 다가왔다.

제9장

스페인 분마I

　스페인 관계자 세 사람은 모두가 여러 가지 감정이 뒤섞인 얼굴이었다. 한겸은 그들의 심정을 충분히 이해하고 있었다. 분트 본사에서 적극적으로 추천을 했다고는 하나, 스페인 분트는 하향세를 넘어서 모든 매장이 철수하고 이제 하나 남아 있는 상태였다. 그런 상태에서 광고 하나로 다시 살아나는 건 무척이나 힘든 일이었다. 그걸 알면서도 스페인 관계자들은 어쩔 수 없이 기대를 걸어야 했다.

　그렇기에 한겸은 스페인 관계자들을 이해했다. 한국에서도 광고주가 촬영장을 찾는 일은 흔했기에 한겸은 크게 부담스럽지는 않았다. 한겸은 관계자들에게 간단한 영어로 인사를 건넸다.

　"촬영에 도움 주셔서 감사합니다."

"우리가 할 일입니다. 그런데 오늘 하루면 끝난다고요?"

"네, 오늘 촬영 끝나면 저희는 곧바로 한국으로 돌아가서 작업하게 될 거예요. 그리고 스페인 게재 대행사에 넘겨주면 그쪽에서 게재하게 될 겁니다."

"간판을 뜯는 건 또 처음이라서… 참. 아무튼 잘 부탁드립니다."

서툰 영어로 대화를 마친 한겸은 방 PD를 봤다. 그러자 방 PD가 스태프들을 불러 모은 뒤 다시 촬영에 대해 설명했다. 그리고 곧바로 촬영을 시작했다. 첫 장면은 촬영 팀이 사다리차에 올라탄 채 하늘에서부터 점점 내려와 박재진을 찍는 장면이었다.

한겸은 스페인 관계자와 함께 박재진 옆에서 모니터를 보며 관찰 중이었다.

"그럼 괜찮지?"

"네, 괜찮네요."

"그런데 쟤네는 니하오라고 안 하네."

"하하, 한국에서 온 줄 아니까 그렇죠."

"죄다 니하오거리더만. 그런데 뭘 저렇게 불안해하는 거야?"

"이거 보여줘도 되죠?"

한겸은 이미 사전 작업을 통해 색을 본 상태였기에 자신 있게 스페인 관계자에게 화면을 보여주었다. 그럼에도 관계자들은 여전히 반신반의한 표정이었다. 관계자들 중 한 명은 불안감을 해소하고 싶어서인지 촬영장을 이리저리 돌아다니기까지 했다. 보통 광고주들이 저러는 경우도 있긴 해서, 스태프들은 이러지도 못하고 저러지도 못한 채 촬영을 진행했다.

　관계자들의 반응만 빼면 촬영은 준비를 철저히 한 덕분에 순조롭게 진행되었다. 현장에서 만족하지 못한 사람은 관계자들뿐이었다. 그때 찍고 있던 장면이 끝났고, 다음 촬영을 준비하느라 잠시 시간이 비었다. 한겸은 어떻게 해야 스페인 관계자들의 불안감을 풀어줄 수 있을까 생각했다.

　"방 PD님, 한국에서 촬영한 거 있죠?"
　"뭐? 박재진 씨 벽에서 튀어나오는 거?"
　"네. 그거요."
　"그거 아직 CG팀에서 안 넘어왔는데?"
　"CG 빼고 원본 있잖아요. 앞부분만 있어도 될 거 같은데요. 저분들 보여 드리게요."
　"이미 시나리오 다 봤을 거 아니야."
　"실제로 보는 거하고 다르잖아요. 잘 나왔으니까 보여주는 게 좋을 거 같아요. 계속 불안해하고 있거든요."
　"불안해하기는. 나중에 고맙다고 큰절할 준비나 하라고 하지. 알았어. 중일아!"

　방 PD는 직원을 불러 한국에서 촬영했던 장면을 찾아주었다. 한겸은 그 영상을 스페인 관계자들에게 보여주었다.

"이건 앞부분에 들어갈 장면이에요. 스페인어니까 직접 보시는 게 나을 것 같아요."

세 사람은 여전히 복잡한 표정으로 모니터를 봤다. 그리고 모니터에서 영상이 나오기 시작했다. 한겸은 세 사람의 표정을 바라봤다.

화면에는 젊은 남성이 분트에서 판매하는 피자를 사 들고 급하게 들어오는 장면부터 시작되었다.

―맛있게 먹어!

남자는 피자를 가족에게 건네고선 TV에 앉았다. 마침 축구 경기가 시작되었고, 남자는 마치 축구장에 있는 것처럼 기대되는 얼굴로 TV 앞으로 다가갔다. 그때, 남자의 가족 중 아이가 피자 박스를 들고 나와 테이블에 내려놓았다.

―파피! 이거 뭐야? 핫케이크?

남자는 눈만 살짝 내려 피자를 쳐다봤다. 그러고는 이내 놀란 얼굴로 피자 박스를 들어 올렸다.

―치즈가 토핑인가?

그리고 문 앞에 서 있는 아내로 화면이 바뀌었고, 아내는 문을 연 채 고개를 끄덕여 다녀오라는 신호를 보냈다. 남자는 아내와 아이를 한 번씩 쳐다본 뒤 어쩔 수 없다는 듯 자리에서 일어났다. 잠시 뒤, 헉헉거리는 남자가 피자 박스를 들고 다시 들어왔다. 그러고는 곧바로 TV 앞에 앉았다. 하지만 또다시 아이가 피자 박스를 테이블에 올려놓는 장면이 나왔고, 남자는 울 것 같은 표정으로 피자 박스를 보며 끝이 났다.

영상을 본 스페인 관계자들은 무척이나 불쾌한 표정이었다. 분트를 안 좋게 표현했으니 당연했다. 한겸은 그들에게 웃으며 입을 열었다.

"화나시죠?"

"당연히 기분이 안 좋죠. 이건 너무 적나라한 거 아닌가요?"

"여기 배우의 입장에서 보면 어떨까요?"

"음."

"무척 화나겠죠?"

"그렇겠죠. 그런데 우리는 지금 많이 고쳤고, 이런 상태는 아닙니다."

"알죠."

한겸은 말이 길어질 것 같았기에 통역사를 불러 대화를 이어나갔다.

"기획안을 보셨겠지만, 분트 서비스가 바뀌었다는 걸 보여주는 거예요. 실제로 판매량은 전혀 늘고 있지 않잖아요. 알려지지가 않아서 그런 겁니다. 이 남자는 분트 때문에 하루 종일 기다렸을 수도 있고, 며칠을 기다렸을 수도 있는 중요한 경기를 못봤어요. 무척 화가 났겠죠?"

"그렇겠죠."

한겸은 씨익 웃으며 박재진을 손가락으로 가리켰다.

"그걸 저 사람이 대신 혼내주는 거예요. 분트 앞에 걸어놓은 판에 만족도 스티커가 가득 찰 때까지 분트 간판을 안 돌려주는 거죠. 사람들은 정말 분트 간판이 사라졌는지 궁금하겠죠. 그리고 분트에서는 제대로 된 피자를 판매하는 거고요. 물론 만족하지 못하는 사람도 있겠지만, 만족하는 사람도 엄청 많을 거 같은데요. 저도 먹어보니까 맛있었거든요."

스페인 관계자들은 서로를 보며 피식 웃었다. 이미 기획안을 알고 왔음에도 직접 보니 생각했던 것과 달랐다. 남자의 입장에서 본다면 분트는 악덕 기업이었다. 만약 자신들이 광고 속 일을 당했다면 다시는 이용하지 않을 것 같았다.

"분트에서 피자를 구매한 고객들 중에 저런 사람이 있었을 것 같군요."

"바로 그거예요. 공감! 스페인 하면 축구잖아요."

"그렇죠."

"그럼 자신들을 대신해서 혼내주는 저 사람을 영웅으로 생각하겠죠? 그리고 소비자가 분트 위에 있다고 생각하게 만들 수도 있고요."

한겸은 세 사람을 보며 마지막으로 입을 열었다.

"준비를 많이 했어요. 한국에서 이미 한번 진행해 보기도 했고, 그때 부족했던 부분들을 보완했으니까 좀 더 나을 거라고 장담합니다. 그리고 이건 아직 촬영 전인데, 세 분들께만 보여 드릴게요."

통역사의 말이 끝나자 한겸은 휴대폰을 꺼내 사전 답사를 왔을 때 작업했던 장면을 띄운 뒤 관계자들에게 내밀었다.

"이게 마지막 장면이거든요."
"오……."

관계자들은 휴대폰과 실제 분트 간판이 걸려 있는 곳을 번갈아 봤다.

"잘 나왔죠?"
"그러네요."
"실제로 촬영하면 더 멋있게 나올 거예요. 그러니까 믿어주세요."

그제야 스페인 관계자들의 표정이 풀어졌다. 그러고는 어디서 배웠는지 한국식 인사처럼 고개를 약간 숙이며 입을 열었다.

"불안한 게 드러났나 보네요. 이렇게 확인시켜 주셔서 감사합니다."

옆에 있던 방 PD는 놀랍다는 듯 눈썹을 들어 올렸고, 한겸은 관계자들에게 미소를 보이며 고개를 가볍게 숙였다. 그 이후로 관계자들은 멀찌감치 떨어져서 현장을 구경했다. 옆에 있던 방 PD는 뒤를 힐끔 쳐다보고선 말을 뱉었다.

"한겸이 너 촬영 현장 좀 와봤다고 여유 있네?"
"하하, 그랬어요?"
"나중에 C AD 망하면 우리 프로덕션 현장에서 일해. 넌 현장에 나오는 것도 그렇고, AE보다는 현장 체질이야."
"저희 망하면 Do It도 망하는 거 아니에요?"
"그러네. 취소. 하하."

한겸은 피식 웃고는 현장을 바라봤다. 촬영 팀도 들쑤시고 다니는 사람이 없어져서인지 한결 편안해진 얼굴이었다. 그러다 보니 촬영에 속도가 붙어 빠른 속도로 진행되었다.
마지막 장면까지 촬영을 끝냈고, 따로 사진 촬영까지 마친 방 PD가 웃으며 말했다.

"끝. 맨 마지막 대사는 따로 더빙하는 게 좋을 거 같은데. 어때, 괜찮지?"

"네, 괜찮아요."

"그럼 이제 돌려주는 거 찍어야지. 10분 쉬었다가 다시 하자.
사진 줘?"

"네, 주세요."

방 PD는 말하지 않아도 사진을 촬영해 놓았다. 한겸은 방
PD에게 건네받은 카메라를 연결하며 웃었다. 한겸은 모니터만
보며 한참 동안 작업을 했다. 주변이 시끄러웠지만, 한겸은 일단
확인부터 해야 했다. 잠시 뒤, 한겸은 만족스러운 듯 웃으며 고
개를 들었다.

그러자 다시 촬영이 한참 진행되고 있었다. 일정이 빠듯해 오
늘 하루에 촬영을 끝내야 했다. 돌려주는 장면 촬영은 그다지
오래 걸리지 않았다. 그 앞에 이어질 내용은 제작 팀이 다시 스
페인에 와서 만족도가 붙은 판을 추가 촬영해 이어붙이면 끝나
는 것이었다. 그러다 보니 빨리 끝나는 건 당연했다.

촬영이 끝났고, 스태프들은 서둘러 철수 준비를 했다. 그리고
와이어를 푼 박재진은 옷도 갈아입지 않고 곧바로 한겸에게 다
가왔다.

"내일 바로 가요?"

"네, 할 일이 많아서요."

"김 프로님하고 술 한잔도 못 했네."

"한국 오시면 해요. 내일 오시죠?"

박재진은 돌아가는 일정도 하루 뒤로 잡혀 있었다. 숙소도 다른 곳을 잡아놓은 상태였기에 한국에서나 보게 될 것이었다. 박재진과의 인사가 끝나자 한겸은 스페인 관계자들에게 인사를 건넸다.

"오늘 촬영은 여기서 끝이거든요. 아마 추가 촬영을 할 때는 제작 팀만 오게 될 것 같습니다. 그때도 잘 부탁드립니다."
"그렇군요. 우리도 잘 부탁드립니다."
"10월 7일에 광고가 나가게 되니 그날 맞춰서 간판 떼는 거 잊으시면 안 됩니다."
"알겠습니다."

추석 연휴 중에도 작업 일정을 잡아 겨우 10월 초로 맞출 수 있었다. 인사를 마친 한겸은 서둘러 차에 올라탔다.

*   *   *

한국으로 돌아온 한겸은 곧바로 회사로 출발했다. 방 PD가 태워다 준다고 했지만, 제작 팀도 곧장 작업을 하러 가야 했기에 괜히 시간을 뺏고 싶지 않았다. 때문에 한겸은 택시를 타고 이동 중이었다.

서울로 들어와 회사가 있는 남부지방법원을 가던 중 양천구청과 양천경찰서가 눈에 들어왔다. 그리고 벽면에 붙은 대형 포스터도 눈에 들어왔다. 그때, 택시 기사가 웃으며 입을 열었다.

"우리 동네도 붙어 있더니 여기도 있네."
"어디 사시는데요?"
"강서구청이요. 며칠 전에 붙어 있더니 저 앞에도 붙어 있네요."
"그렇구나. 기사님은 어떻게 생각하세요?"
"음주 운전이요? 절대 하면 안 되죠. 와이프가 몇십 년을 고생했는데 더 고생할 거 생각하니까 절대 안 해야겠다는 생각이 들더라고요."

한겸은 만족스러운 대답에 미소를 지었다.

"이번엔 나라에서 제대로 한 거 같아요. 매번 음주 단속이다 뭐다 도로만 막히게 하지 말고 진즉에 개념부터 바꾸게 했어야죠. 사람들도 얼마나 공감해요. 어린 학생들도 사진 찍는 거 보이시죠?"
"네, 그러네요."
"저 학생들도 좀 있으면 운전할 텐데 음주 운전에 대한 생각이 딱 박히게 되겠죠. 사실 정부가 마음에 안 드는데, 이번만큼은 무척 잘한 거 같아요."

한겸은 창밖을 보며 미소를 지었다. 그리고 잠시 뒤 회사에 도착했다. 가방 하나에 노트북을 든 한겸은 곧바로 회사로 들어갔고, 우범에게 인사를 하기 위해 사무실 문을 열었다. 그런데 마침 안쪽에서 나오는 사람들과 마주쳤다. 의뢰를 하러 온 기업일 수도 있었기에 한겸은 한 걸음 물러나 가볍게 고개를 숙여 인사를 했다. 상대방도 목례를 취한 뒤 회사 밖으로 나갔고, 한겸은 서둘러 안으로 들어갔다.

"김 프로님! 바로 오셨어요?"
"네, 다들 바쁘시네요."

사무실 직원들의 인사에 안쪽에 있던 우범이 한겸을 쳐다봤다.

"마침 잘 왔다. 이리 와서 앉아봐."

평소라면 출장 뒤 바로 출근했냐고 그랬을 텐데, 지금 우범은 손을 흔들며 어서 앉으라고 말하고 있었다.

*　　　　　*　　　　　*

한겸은 의아한 표정으로 자리에 앉았다. 그러자 우범이 윤선진의 포스터를 내밀었고, 한겸은 포스터를 물끄러미 쳐다봤다.

"조금 전에 왔던 사람들 봤지?"
"네."
"샤인 사람들인데 포스터를 이용해서 TV 광고를 제작해 달라고 하더군."

우범이 포스터를 내미는 순간 어느 정도 예상할 수 있었다. 조금 더 설명을 듣는 편이 좋을 거란 생각에 한겸은 입을 다물고 기다렸다.

"SNS를 활발하게 사용하는 젊은 층에서 반응이 예상보다 훨씬 좋다. 그래서 미디어 광고를 제작해 주길 원하고 있어. 예산은 3개월간 미디어 광고로 40억이고."

"음, 다른 조건은요?"

"윤선진 씨를 모델로 점찍어놓고 왔더군."

"흠."

"지금 들은 얘기라서 윤 프로님께 얘기하진 못했다. 얘길 들으면서도 판단이 쉽게 서질 않더군. 그리고 진행도 무엇보다 우선적으로 해주길 원했다. 적어도 연말을 겨냥해서 11월부터 광고가 나오길 원하네."

잠시 생각하던 한겸은 우범을 쳐다보며 물었다.

"음, 새로운 걸 원하는 게 아니라 지금 포스터를 이용해서 TV 광고 제작이죠? 윤 프로님을 모델로."

"그렇지."

"그럼 기간은 어려울 건 없네요. 지금 포스터에 윤 프로님 목소리만 입히면 될 것 같아요."

"샤인에서 받아들일지가 문제군. 움직이는 윤 프로님을 모델로 쓰고 싶어 하는 눈치였다."

한겸은 무언가를 말하려다 말고 조심스럽게 우범을 쳐다봤다. 그러자 우범이 의아한 표정으로 물었다.

"뭔데 망설이는 거냐?"

"음, 이 광고 안 맡는다고 문제없죠? 경영 쪽을 제가 판단하는 거 같아서요."

"문제없다. 다만 잘된다면 우리는 기관에서 홍보가 필요할 땐 1순위가 되겠지."

"그럼 됐네요. 만약에 샤인에서 계속 윤 프로님을 모델로 해 달라고 하면 안 한다고 하는 게 나을 거 같아요. 그림을 너무 잘 그려서 지금도 사람들이 알아볼까 걱정이에요. 지금은 그나마 그림이니까 얼버무릴 수 있다고 해도 미디어 광고에 나오면 윤 프로님 생활에 지장이 생길 것 같아요. 반응이 엄청나다 보니 취재 요청부터 해서 알아보려고 그럴 거 아니에요."

"그렇지."

"그러니까 아까 제가 말한 방식이 아니면 안 하는 게 나을 것 같아요."

"윤 프로님 입장을 생각하지 못했군."

한겸은 미소를 지으며 말을 이었다.

"음주 운전 예방을 위해서라고 하면 윤 프로님도 아마 하시겠지만, 만약에 안 하신다고 하면 못 하는 거예요. 괜히 부담 주지 않았으면 해요."

"그래, 알았다. 후후, 내가 잠시 윤 프로님을 진짜 모델로 생각했나 보군."

우범은 피식 웃고선 입을 열었다.

"촬영은 제대로 다 했지?"

"네. 아무런 문제 없이 잘 끝났어요. 이제 방 PD님하고 제작하면서 수정만 하면 될 거 같아요."

"그렇군. 그럼 추석에도 계속 출근해야겠구나."

"네, 아마도 그래야 할 거 같아요."

제작 팀이 서둘러 귀국한 것은 내일부터 추석인 이유도 있었다. 한겸은 매일 나올 필요는 없었지만, 명절에도 쉬지 못하는 제작 팀에 대한 예의라고 생각해 대기할 계획이었다.

"제가 나와서 어떻게 제작할지 생각해 볼게요."

"그래. 어차피 나도 추석 전날 빼고 나올 생각이니까 필요한 거 있으면 얘기해라. 그럼 일단 샤인하고 얘기부터 해야겠군."

한겸은 미소를 지으며 3층에 있는 친구들을 만나기 위해 자리에서 일어났다.

*　　　　*　　　　*

　며칠 뒤. 한겸의 예상대로 음주 운전 예방이라는 말을 들은
윤선진은 흔쾌히 수락했다. 포스터가 인기가 있다 보니 샤인에
서도 큰 반대는 없었다. 그 때문에 한겸은 추석 당일에도 사무
실에 혼자 나와 윤선진의 광고를 어떤 식으로 제작할지 구상 중
이었다.

"흠."

　계속 고민을 하고 있지만 포스터를 이용해 어떻게 영상광고를
해야 할지 쉽게 떠오르지 않았다. TV 광고이다 보니 12초 내외
로 계획하고 있었지만, 포스터로만 12초를 채우는 건 쉬운 일이
아니었다. 포스터에서 색이 보였기에 쉬울 거라고 생각했는데,
자신의 머리에서 나온 것이 아니라서인지 오히려 영상광고보다
더 막막한 느낌이었다.

　"더빙은 윤 프로님 목소리로 하는 게 좋을 거 같긴 한데, 그렇
게 해도 문제네."

　12초 동안 하나의 화면에 목소리만 나오는 건 영상광고라고
볼 수 없었다. 한겸은 어떻게 해야지 사람들이 12초 동안 눈을
떼지 않고 볼 수 있을지 끝없이 생각했다. 그때, 사무실 문이 열
리면서 범찬이 고개를 내밀었다.

"이럴 줄 알았지."

"어? 시골 안 갔어?"

"뭐? 시골? 어이가 없네. 150만 강원도민한테 욕먹어야 정신 차리지."

검은색 비닐봉지를 든 채 사무실로 들어온 범찬은 봉지에서 송편을 꺼냈다.

"야, 이거나 먹어. 원래 추석에 송편 먹어야 해. 너 아버지도 바빠서 추석 안 지내니까 못 먹었을 거 아니야."

"응. 추석이라 더 바쁘신가 봐."

"하긴 오다 보니까 마트에 사람 미어터지더라."

"근데 왜 왔어?"

"왜 오긴. 너 있을 거 같아서 왔지."

범찬은 씨익 웃더니 봉지를 흔들며 말을 이었다.

"윤 프로님한테 가려고 했는데 혼자 가긴 좀 그래서."

"아, 윤 프로님도 혼자 계시지."

"응, 그럴 거 같아서. 나야 집이 멀어서 못 갔지만, 윤 프로님은 가고 싶어도 갈 곳이 없잖아. 게다가 병원에 있으니까 다른 환자 가족들 오면 얼마나 부럽겠어."

"그래서 윤 프로님 드리려고 송편 사 온 거야?"

"그렇지. 뭘 사 갈까 고민했는데 오다 보니까 떡집 있길래 샀지."

한겸은 범찬을 보며 미소를 지었다. 말이 많아서 그렇지, 누구보다 주변을 잘 챙기는 마음 따뜻한 친구였다. 한겸은 가볍게 숨을 뱉고선 책상을 정리했다.

"안 그래도 구상도 안 짜지는데 같이 가자. 간 김에 윤 프로님 의견도 좀 물어보고."
"윤 프로님 걸로 광고하는 거? 아직 안 나왔어?"
"조금 어렵네. 목소리 더빙은 윤 프로님이 하면 될 것 같은데. 나머지가 좀 그래."
"그냥 라디오로 하지!"
"아, 너희들 광고 추석부터 나간다고 했지?"
"아직 안 나왔더라. 이따 나오겠지."

범찬이 들뜬 표정을 애써 감추는 게 보였다. 한겸이 피식 웃자 범찬이 서둘러 화제를 전환했다.

"그런데 병문안을 병문안으로 가야지 뭔 일을 하러 가. 병원 다녀와서 같이해. 종훈이 형도 오늘 외갓집 갔다가 밤에 온다고 그랬고, 수정이는 집이라니까 부르면 바로 올 거야."
"그냥 의견 물어보는 거야."

짐을 챙긴 한겸은 곧바로 병원으로 향했다. 병원에 도착하니

명절 기간 동안 일반 병동에 한하여 자유롭게 면회를 할 수 있었다. 그 때문인지 환자를 면회 온 사람들이 꽤 많았다.

"봐, 내가 저럴 거 같았거든."
"어떻게 그렇게 잘 알아?"
"왜 몰라. 우리 아버지가 병원에 반년을 입원해 있었는데."
"아, 그렇지."
"빨리 가자. 윤 프로님 또 풀 죽어 계시겠다."

한겸은 고개를 끄덕이고선 서둘러 윤 프로의 병실로 향했다. 윤 프로의 병실에 도착한 한겸은 조심스럽게 문을 열었다.

"어?"

윤선진이 혼자 있을 줄 알았는데 혼자가 아니었다. 피해자의 가족인 노부부가 병문안을 왔는지 윤선진의 옆에 앉아 있었다. 그때, 한겸을 발견한 윤선진이 입을 열었다.

"김 프로님, 최 프로님. 안 오셔도 되는데."

한겸은 괜히 방해를 한 건 아닐까 생각했지만, 여기까지 온 김에 인사나 드리고 가야겠다고 생각했다.

"어르신들 안녕하세요."

"그래요. 선진이 동료들이시군요. 이리 앉아요."

보호자용 침대에 앉아 있던 노부부는 옆으로 붙으며 말했다. 그곳에 앉을 수 없었던 한겸은 괜찮다는 듯 웃고는 서 있었다. 그러고는 윤선진의 얼굴을 살폈다. 또 얼마나 울었는지 눈이 상당히 부어 있었다. 그럼에도 표정만큼은 이상하리만치 편안해 보였다. 그때, 범찬이 비닐봉지를 내밀며 입을 열었다.

"윤 프로님 송편도 못 드셨을까 봐 사 왔는데 이미 다 드셨나 본데요?"

"아! 어머님, 아버님이 가져오셔서요. 많은데 같이 들어요."

"하하, 그럴까요? 어르신, 먹어도 되죠?"

범찬은 이곳에서까지 너스레를 떨었다. 노부부는 그 모습이 싫지 않은 듯 직접 나무젓가락까지 꺼내주었다.

"잡채 대박. 할머니가 직접 하신 거예요?"

"네. 몇 년 만에 처음 해봤네요. 입에 맞아요?"

"너무 맛있는데요? 산적도 있고, 차례 지내셨어요? 이거 너무 맛있다. 저랑 가게 차리실래요? 제가 카운터 보고 할머니가 요리사 하세요."

할머니는 웃으며 범찬의 어깨를 두드렸다. 그 모습을 보던 윤선진도 가볍게 미소를 짓고 있었다. 눈은 부어 있지만, 확실히 마음이 조금 편안해진 모습이었다. 한겸은 잘됐다는 생각에 자신도 모르게 미소가 피어올랐다. 그때, 윤선진이 입을 열었다.

"일하시는 데 문제가 있으세요?"
"네? 아니에요. 그냥 윤 프로님 뵈러 왔어요."
"아닌 거 같은데요. 대표님하고 김 프로님은 오셔도 항상 일 얘기만 하시잖아요."
"겸사겸사 오는 거죠. 하하."
"그럼 겸사겸사 오신 김에 말씀해 주세요. 제가 뭐 해야 할 일이 있나요?"

항상 다른 이유가 있었던 것을 떠올린 한겸은 어색한 미소를 지으며 윤선진을 살폈다. 노부부의 용서 덕분인지 전보다 한층 밝아진 느낌이었다. 분명 축하해야 할 일이었지만, 일적으로는 분명히 문제가 있었다. 포스터와 느낌이 어울리지 않을 것 같았다. 그렇다고 다시 예전처럼 해달라는 말을 하기도 어려웠다. 아무래도 연기를 잘하는 전문 배우를 구하는 게 나을 듯싶었다.

"그냥 윤 프로님 뵈러 왔어요."
"그래요? 대표님 말씀 들어보니까 TV 광고로 제작한다고 하던데, 제가 도울 게 있으면 도울게요."

그때, 앉아 있던 범찬이 고개를 돌려 한겸을 올려다보며 입을 열었다.

"왜 그래? 윤 프로님한테 더빙해 달라고 하려고 그랬는데 이건 아니다 싶어?"

"아니거든?"

"너 표정이 딱 그런데? 그래도 의외네."

한겸은 뭐 하러 그런 말을 하냐는 표정을 하며 무릎으로 범찬의 등을 때렸고, 그 말을 들은 윤선진은 피식 웃으며 입을 열었다.

"제가 할게요. 당연히 제가 해야지요."

아무리 생각해도 포스터와 같은 느낌이 나지 않을 것 같았다. 한겸이 어색한 표정을 짓고 있을 때, 앞에 앉아 있던 노부부가 하는 말이 들렸다.

"그럼 자네가 해야지. 우리가 처음에는 자네 얼굴 팔리는 거 같아서 반대했지만, 사람들이 변하는 거 보니까 잘했다는 생각이 들었어. 그리고 자네가 해야지 그 양반도 자네가 얼마나 힘들었는지 알지."

"영감님 말이 맞아. 자네가 하게. 그 양반은 욕 좀 먹어야 돼. 이 세상 모든 사람들한테 욕을 먹어야 죗값이 덜어질 게야. 그리고 오늘 먹은 밥값은 해야지."

한겸은 노부부가 무슨 말을 하는지 단번에 알아차렸다. 명절을 맞이해 손수 음식을 준비해서 가해자의 차례를 지낸 것처럼 보였다. 한겸은 자신의 생각이 맞는지 확인하기 위해 윤선진의 표정을 살폈다. 그러자 윤선진이 씁쓸한 표정으로 입을 열었다.

"20년 만에 제사상 올린 건 처음이에요."
"음, 그렇군요."
"그러니까 그 사람도 밥값은 해야겠지요. 제가 얼마나 힘들었는지… 아버님, 어머님이 얼마나 힘들었는지 꼭 알았으면 해요."

그 말을 들은 한겸은 왜 윤선진의 얼굴이 운 것처럼 보이면서도 편안했는지 이해됐다. 그리고 그 순간, 한겸은 윤선진이 더빙을 해도 될 것 같다고 생각했다. 포스터에 붙어 있는 내용은 피해자의 가족에게 쓴 편지가 아니라 남편에게 쓴 편지였다. 대중들에게 어필을 해야 한다고 생각하다 보니 윤선진이 편지를 쓴 대상을 잊고 있었다. 그때, 노부부가 윤선진의 손을 잡으며 입을 열었다.

"또박또박! 한 자, 한 자! 제대로 말해. 다시는 자네나 우리 같은 사람들이 나오지 않게."
"자네는 잘할 수 있을 거야."

그 말을 들은 윤선진은 말없이 고개를 끄덕거리고 있었다. 그 모습을 보던 한겸은 어떻게 광고를 제작할지 방향을 잡았다.

"저 윤 프로님, 연휴 끝나고 장비 병원으로 가지고 올 테니까 더빙 좀 해주시겠어요?"

윤선진은 알았다는 듯이 고개를 끄덕거렸고, 범찬은 못 말린다는 듯이 고개를 저었다.

『눈으로 보는 광고 천재』 5권에 계속…